HARALD SCHNEIDER
Palzki ermittelt

VON FALL ZU FALL Palzki und seine Familie hat es schwer getroffen: Auf sie warten 30 Fälle, die sie lösen müssen. Da gilt es bei einem Testament herauszufinden, ob es gefälscht wurde, einen Tennisspieler zu überführen, der nachts Autos aufbricht, und bei einem Toten Selbstmord auszuschließen, der angeblich auf einen Aschenbecher gefallen ist.

Harald Schneider stellt den Leser vor Rätsel, indem er sie ihnen stellt. Hier sind Kombinationsgeschick und Konzentration gefragt. Knacken Sie mit Palzki die Fälle. Sie werden mit Sicherheit feststellen, es ist nicht immer leicht, Kommissar zu sein. Manche Fälle entpuppen sich wirklich als Rätsel.

© Peter Kauert

Harald Schneider, 1962 in Speyer geboren, wohnt in Schifferstadt und arbeitet als Betriebswirt in einem Medienkonzern. Seine Schriftstellerkarriere begann während des Studiums mit Kurzkrimis für die Regenbogenpresse. Der Vater von vier Kindern veröffentlichte mehrere Kinderbuchserien. Seit 2008 hat er in der Metropolregion Rhein-Neckar-Pfalz den skurrilen Kommissar Reiner Palzki etabliert, der neben seinem mittlerweile sechzehnten Fall »Pfälzer Eisfeuer« in zahlreichen Ratekrimis in der Tageszeitung Rheinpfalz und verschiedenen Kundenmagazinen ermittelt. Im Jahr 2017 erreichte Schneider bei der Wahl zum Lieblingsautor der Pfälzer den 3. Platz nach Sebastian Fitzek und Rafik Schami.

Bisherige Veröffentlichungen im Gmeiner-Verlag:

Pfälzer Eisfeuer (2018)	Künstlerpech (2013)
Hambacher Frühling (2018)	Pilgerspuren (2012)
NAFD (2017)	Palzki ermittelt (2012)
Parkverbot (2017)	Blutbahn (2012)
Mords-Grumbeere (2016)	Mörderischer Erfindergeist (2011)
Sagenreich (2015)	
Weinrausch (2015)	Räuberbier (2011)
Wer mordet schon in der Kurpfalz? (2014)	Wassergeld (2010)
	Erfindergeist (2009)
Tote Beete (2014)	Schwarzkittel (2009)
Ahnenfluch (2013)	Ernteopfer (2008)

HARALD SCHNEIDER
Palzki ermittelt

30 Rätsel-Krimis

GMEINER SPANNUNG

Personen und Handlung sind frei erfunden.
Ähnlichkeiten mit lebenden oder toten Personen
sind rein zufällig und nicht beabsichtigt.

Die automatisierte Analyse des Werkes, um daraus
Informationen insbesondere über Muster, Trends und
Korrelationen gemäß § 44b UrhG (»Text und Data Mining«)
zu gewinnen, ist untersagt.

Bei Fragen zur Produktsicherheit gemäß der Verordnung
über die allgemeine Produktsicherheit (GPSR) wenden Sie
sich bitte an den Verlag.

Gefällt mir!

Facebook: @Gmeiner.Verlag
Instagram: @gmeinerverlag
Twitter: @GmeinerVerlag

Besuchen Sie uns im Internet:
www.gmeiner-verlag.de

© 2012 – Gmeiner-Verlag GmbH
Im Ehnried 5, 88605 Meßkirch
Telefon 07575/2095-0
info@gmeiner-verlag.de
Alle Rechte vorbehalten

Lektorat: Sven Lang
Herstellung: Julia Franze
Umschlaggestaltung: U.O.R.G. Lutz Eberle, Stuttgart
unter Verwendung eines Fotos von: © B S K – sxc.hu
Druck: Libri Plureos GmbH, Friedensallee 273,
22763 Hamburg
Printed in Germany
ISBN 978-3-8392-1331-5

1. Rätsel-Krimi

REINER PALZKI UND DER MYSTERIÖSE SUIZID

Es hätte so ein schöner Tag werden können.

Das Leben war manchmal grausam. Die Dreitagewoche für Polizeibeamte lag in ferner Zukunft und dürfte wohl erst in einigen Generationen zum Tragen kommen. Daher musste unsereiner mit seinen spärlichen zwei Wochenendtagen gut haushalten. Also fläzte ich mich an diesem warmen Samstagvormittag auf der bequemen Gartenliege und versuchte, die Rheinpfalz zu lesen. Nach einer knapp bemessenen Minute kam mein neunjähriger Sohn Paul angestürmt und sprang ohne Vorankündigung wie ein notlandender Jumbojet auf meinen Bauch. Die Zeitung, die unsere Köpfe trennte, war meinen Reflexen nicht gewachsen und zerriss. Nachdem ich die Welt wieder durch meine Augen betrachten konnte, starrte ich in das frech grinsende Gesicht meines Sohnes, der mir einen Joystick entgegenhielt. »Papa, willst du wieder beim Autorennen gegen mich verlieren, du Loser?«

Es war nicht einfach, Paul davon zu überzeugen, dass ich meine Prioritäten für diesen Vormittag anders gesetzt hatte. Durch Bestechung gelang es mir schließlich. Was waren schon zwei Portionen Pommes mit Mayo und ein Cheeseburger gegen meine Ruhe? Die wurde mir allerdings nur für eine weitere Minute gewährt. Dann stand die zwölfjährige Melanie neben der Liege und schmachtete mich mit ihrem größten ›Papa, ich will was von dir‹-Lächeln an.

1. Rätsel-Krimi

»Papa«, begann sie zuckersüß, »meine Freundinnen dürfen heute Abend alle ins Open-Air-Kino nach Ludwigshafen. Gell, du fährst mich hin?«

Fast war ich versucht, dieser Aufforderung aus Bequemlichkeit nachzukommen. Gerade rechtzeitig fiel mir aber ein, dass ich verheiratet war und meine allerliebste Ehefrau Stefanie von der Idee sicherlich wenig begeistert sein dürfte. »Was sagt denn deine Mutter dazu?«, fragte ich vorsichtig, obwohl ich wusste, wie der Dialog enden würde.

Melanie stampfte wütend mit den Füßen auf. »Kannst du nicht einmal alleine etwas entscheiden, Daddy? Brauchst du immer andere, die dir sagen, was richtig ist?« Sofort änderte sich ihre Mimik wieder in das größtmögliche Unschuldslächeln. »Um Mitternacht kannst du mich abholen. Okay, Daddy? Danke!«

Bevor ich irgendeine Chance hatte zu reagieren, war sie verschwunden.

Erziehung war schon schwer, dachte ich mir, insbesondere wenn man mal fünf Minuten seine Ruhe haben wollte. Wie auf Kommando begann mein linker Nachbar, Herr Ackermann, seinen englischen Rasen zu mähen. Mindestens dreimal wöchentlich tat er dies von März bis Anfang November. An diesem Tag war es wieder so weit.

»Guten Morgen, Reiner«, rief mir im gleichen Moment mein rechter Nachbar über den Gartenzaun zu. »Ich mach mich mal an die Arbeit. Ich hoffe, es stört dich nicht.« Zum Zeichen seiner Arbeitsbereitschaft hielt er eine große Elektrosäge in die Luft. Seit Wochen baute er an einem Gartenhäuschen. Jetzt fehlte noch, dass seine halbwüchsigen Jungs mit ihrem Schlagzeug loslegten.

1. Rätsel-Krimi

Es läutete an der Haustür. Wahrscheinlich waren es Einwohner des Nachbarortes, die sich bei mir über den Lärm beschweren wollten. Mit dem Schlimmsten rechnend, öffnete ich die Eingangstür und stand meiner Kollegin Jutta Wagner gegenüber.

»Guten Morgen«, begrüßte ich sie. »Hast du Sehnsucht nach mir? Es sind ja bestimmt schon 17 Stunden vergangen, seit wir uns ins Wochenende verabschiedet haben.«

Ich weiß, es war ein müder Witz. War mir doch längst klar, was die Stunde geschlagen hatte. Ein Polizist, vor allem ein Kripobeamter, war stets latent im Dienst. Die zahlreichen Ganoven in der Metropolregion nahmen auf meine Kollegen und mich nur selten Rücksicht.

»Komm schon«, forderte mich Jutta auf. »Wir müssen los.«

Da Stefanie vom Einkaufen nicht zurück war, gab ich meiner Tochter Bescheid. Das Einzige, was ihr dazu einfiel, war: »Denk dran, Papa: Um acht will ich in Ludwigshafen sein. Und du musst das vorher noch der Mama erklären.«

Ich genoss es, auf dem Beifahrerplatz zu sitzen und für einen Moment zu entspannen. »Wo fahren wir hin?«, fragte ich Jutta.

Sie schaltete die Heizung auf die höchste Stufe und antwortete: »Wir müssen nach Haßloch, der Notarzt hat angerufen, weil er bei einem Suizid Zweifel hat.«

»Sag mal, spinnst du?«

»Wieso? Bei einer Selbsttötung erfolgt immer eine polizeiliche Aufnahme.«

Ich winkte ab. »Das mein ich doch nicht. Warum hast du die Heizung eingeschaltet?«

1. Rätsel-Krimi

»Weil es kalt ist. Schau mal auf das Thermometer. Wir haben nicht mal 30 Grad. – He, lass das Fenster zu.«

Ich fügte mich meinem Schicksal und schwitzte, bis Jutta in der Haßlocher Langgasse vor einem älteren Einfamilienhaus parkte. Laut Türschild sollte hier ein Heribert Monshauser wohnen.

Kurz darauf standen wir in einem altmodischen Arbeitszimmer dem Arzt gegenüber, der sich mit Dr. Langweiler vorstellte. Er zeigte auf die Leiche: »Den roten Leichenflecken und dem Mandelgeruch nach zu schließen, sieht es nach einer Blausäurevergiftung aus, Herr Palzki. Ich habe die Leiche allerdings noch nicht untersucht.«

Jutta hatte an alles gedacht. Auch an Einweghandschuhe für mich und sie. Ich zog mir das Paar über und hob die halb gefüllte Kaffeetasse hoch, die auf dem Tisch neben einem Aktenordner mit der Aufschrift ›Testament‹ stand. »Riecht ebenfalls nach Mandel«, schlussfolgerte ich.

»Woher willst du das wissen? Du weißt ja nicht einmal, wie Mandeln aussehen.« Sie nahm die Tasse und roch ebenfalls daran. »Du hast recht, Reiner. Entschuldige.«

»Wie immer«, entgegnete ich trocken und schaute mich um. Die psychedelische Großmustertapete harrte seit Jahrzehnten einer Erneuerung. Zusammen mit den dicken und schweren Vorhängen wirkte der Raum äußerst ungemütlich. Nur wenig Tageslicht fiel durch das verschmutzte Fenster. Der antik anmutende Deckenleuchter war eingeschaltet, eine Reinigung der Fensterscheibe hätte lichttechnisch gesehen den gleichen Effekt gehabt. Der Schreibtisch lag voll mit diversem Krimskrams. Darum würde sich später die Spurensicherung kümmern. Seltsam, dachte ich, ein Arbeitszimmer ohne PC. Vorhin hatte ich bereits mit Verwunderung die mechanische Schreibmaschine auf einem Nebentisch entdeckt und erfolglos nach technischen, sprich elektrisch betriebenen Geräten gesucht.

Heribert Monshauser saß in seinem Bürostuhl vornüber auf die Tischplatte gebeugt. Meine untrüglichen Adleraugen sahen es sofort: Zusammen mit Jutta richtete ich den Toten in seinem Sitz auf und unser Blick fiel auf ein Blatt Papier, das durch den Oberkörper verdeckt gewesen war.

›Liebe Eva‹, stand in dem handgeschriebenen Brief. ›Lange genug musstest Du Dich mit mir und meinem Geiz herumquälen. Ich weiß, dass ich ein Ekel war, darum kann ich Dich nur um Verzeihung bitten. Keine Angst, Du wirst alles erben. Das Testament, in dem ich das Tierheim als Haupterben eingesetzt hatte, habe ich letzte Woche vernichtet. Ich trinke jetzt meinen letzten Kaffee, den ich mit Cyanwasserstoff versetzt habe. Ich hoffe, dass die Wirkung nicht allzu lange auf sich warten lässt. Bevor ich …‹

Hier endete der Brief abrupt. Anscheinend trat der Tod schneller ein, als Monshauser gedacht hatte.

»Ist seine Frau hier?«, fragte ich den Arzt.

»Ja, sie sitzt im Wohnzimmer. Das Ehepaar hat in diesem Haus allein gewohnt. Ihre erwachsene Tochter, die in Crailsheim lebt, kommt sobald wie möglich hierher.«

Jutta verließ das Zimmer und kam kurz darauf mit Eva Monshauser zurück.

»Ich habe ihr angeboten, sie im Wohnzimmer zu befragen, doch sie wollte mit ins Arbeitszimmer kommen«, erläuterte Jutta.

1. Rätsel-Krimi

Die Erbin machte keinen allzu traurigen Eindruck. Die groß gewachsene Endfünfzigerin trug den Tod ihres Mannes mit Fassung. Nachdem ich mich vorgestellt hatte, plauderte sie los.

»Wir haben seit Jahren aneinander vorbeigelebt, Herr Palzki. Sein krankhafter Geiz und seine Rechthaberei haben ihn einsam gemacht. Er hatte in den letzten Jahren keinerlei soziale Kontakte. Heribert hat sich zu Tode gespart.«

Harte Worte aus dem Mund einer frischen Witwe. Während ich darüber nachdachte, nahm ich den altmodischen Füllfederhalter, der neben dem Brief lag, schraubte neugierig die Kappe ab und machte auf einem Notizzettel eine Schriftprobe. Ja, damit hat er seine letzten Zeilen geschrieben, war ich mir sicher. Ich wandte mich wieder Eva Monshauser zu. »Was hat es mit dem Testament auf sich?«

Sie zeigte auf den Ordner. »Das Testament werden Sie wahrscheinlich in diesem Ordner finden. Seit Jahren ärgerte er mich, dass er seine Ersparnisse dem Tierheim vermachen und ich nur dieses baufällige Haus bekommen werde. Wenigstens erhalte ich den Pflichtteil.«

»Sie erben sogar noch mehr«, sagte ich. »Er hat anscheinend ein neues Testament verfasst.«

Frau Monshauser bekam große Augen. »Davon hat er mir nichts verraten.«

»Was genau drin steht, weiß ich auch nicht. Noch etwas anderes: Wann haben Sie Ihren Mann das letzte Mal gesehen? Lebend, meine ich.«

Sie betrachtete ihren toten Mann ohne Gefühlsregung. »Gestern beim Abendessen. Danach ist er in sein Arbeitszimmer gegangen. Das tat er fast jeden Abend. Ich habe Fernsehen geschaut und bin gegen halb elf ins Bett. Wir haben getrennte Schlafzimmer, deshalb weiß ich nicht, wann und ob er ins Bett gegangen ist.«

»Das ist nicht so wichtig, Frau Monshauser«, antwortete ich und schaute ihr direkt in die Augen. »Ich bin mir auch so ziemlich sicher, dass Sie den Suizid Ihres Mannes vorgetäuscht haben.«

Frage: Womit hat sich Eva Monshauser verraten?

Lösung: 1. Rätsel-Krimi

Wenn der Hausherr während des Schreibens des Abschiedsbriefes plötzlich verstorben ist, hatte er keine Möglichkeit mehr, die Kappe auf den Füllfederhalter zu schrauben.

2. Rätsel-Krimi

REINER PALZKI UND DER TENNISPROFI

Es hätte so ein schöner Tag werden können.

Bei uns in der Rheinebene von Hügeln oder sogar Bergen sprechen zu wollen, wäre etwas übertrieben. Doch jedes Mal, wenn ich die Nachbardörfer Dannstadt oder das kommunal verbundene Schauernheim aufsuchte, wunderte ich mich über den Begriff Dannstadter Höh. So sehr ich auch danach Ausschau hielt, nirgendwo konnte ich eine Erhebung von halbwegs bedeutsamer Größe ausmachen. Schade, denn wie jeder Vorderpfälzer wusste, hatte irgendeine Mutter auf der Dannstadter Höh einen Gutzelstand. Dieses Süßwarengeschäft, wie man es in hochdeutschen Kreisen bezeichnen würde, hatte ich ebenfalls noch nicht finden können.

Dass ich an diesem Montagnachmittag nach Dannstadt fuhr, hatte ich meinem eigenen Unvermögen zu verdanken. Zu jedem Wochenanfang hatten wir eine sogenannte große Lagebesprechung im imposant eingerichteten Büro von KPD. KPD war der Dienststellenleiter der Schifferstadter Kriminalinspektion und damit mein direkter Vorgesetzter. Klaus Pierre Diefenbach war weniger ein Mann der Tat als ein Mann der Worte. Er referierte Montag für Montag stundenlang über Dinge, die niemanden interessierten und nur selten direkt etwas mit unserer Arbeit zu tun hatten. Sein liebstes Kind war die Kriminalstatistik, die er nach individuellen und selbsterfundenen Regeln ständig

2. Rätsel-Krimi

an das von ihm gewünschte Ergebnis anpasste. Dass bei dieser gestalterischen Mathematik bisweilen Aufklärungsquoten von weit über 100 Prozent herauskamen, deutete er als Beweis seiner grenzenlosen Tüchtigkeit.

Um nicht bereits am Wochenanfang in tiefste Depressionen zu fallen, haben meine Kollegen und ich uns ein nettes Spielchen einfallen lassen. Wir nannten es ganz pragmatisch das Verpiss-dich-Spiel. Es ging einzig und allein darum, sich bei der Lagebesprechung möglichst unauffällig und früh zu einem Toilettengang zu entschuldigen, um danach selbstverständlich nicht mehr zurückzukommen. Da sich KPD während seiner Endlosmonologe meist längere Zeit auf einen einzigen Mitarbeiter konzentrierte, war das Risiko recht begrenzt. Der Rekord vom letzten Mai, bei dem sich bereits nach zwei Minuten und zwölf Sekunden vier Beamte zur Toilette entschuldigt hatten, würde aller Wahrscheinlichkeit nach früher oder später überboten werden.

Doch an diesem Tag hatte ich Pech, KPD hatte sich auf mich eingeschossen und hielt mir eine kleinere Ermittlungspanne vor, die wohl jedem Beamten in seiner Laufbahn mal passierte. Wer konnte auch ahnen, dass die nette Dame vom All-you-can-eat-Imbiss ›Megajoule‹ eine Mörderin war? Ich mochte sie wegen der preiswerten großen Portionen, die sie servierte, und den netten Gesprächen, die stets unaufdringlich waren. Dass sie mich dabei über die aktuellen Ermittlungen aushorchte, konnte ich nicht ahnen. Erst nachdem in unserem Zuständigkeitsgebiet innerhalb eines Monats drei selbstständige Metzger spurlos verschwanden, dämmerte es mir. Meine versteckten Recherchen ergaben, dass sich nach jedem Verschwinden eines Metzgers das Fleischangebot im ›Megajoule‹ vervielfachte und gleichzeitig die Preise gesenkt wurden. Ohne jetzt auf die Details einzugehen, gelang es mir mit ziemlich großem Aufwand unter körperlichem Schwersteinsatz, die Dame zu überführen. Und darauf kam es letztendlich an, oder? Statt sich bei mir zu bedanken, warf KPD mir vor, dass die Kosten meiner verdeckten Ermittlungen den Jahresetat für seine Frühstückslachsbrötchen überstiegen.

Jeden einzelnen Euro konnte ich mit Imbiss-Quittungen belegen. Um ein gerichtlich verwertbares Ergebnis zu erzielen, musste ich selbstverständlich auch die kulinarischen Angebote der anderen ortsansässigen Imbissbuden testen und vergleichen. Das Ergebnis befriedigte zudem KPDs mörderische Statistik. Aber stattdessen trompetete er ständig: »Denken Sie an unseren Etat, Palzki!«

Wegen dieser blöden Geschichte habe ich das Verpiss-dich-Spiel verloren. Neben KPD war ich nach knapp 30 Minuten der letzte anwesende Beamte und wurde dafür von den Kollegen mit Strafpunkten belegt.

Dem nicht genug, musste ich zur Strafe, so war es in unseren Statuten festgelegt, in einer trivialen Ermittlungssache nach Dannstadt fahren, während die Kollegen im Büro auf den Pizzadienst warteten.

Fritz Arbentheuer war einer der prominentesten Sportler des Rhein-Pfalz-Kreises. Nicht ganz so bekannt wie Boris Becker oder Steffi Graf, die jenseits des Rheins im badischen Ausland aufgewachsen waren, war Arbentheuer dennoch ständiger Gast bei den ersten Hundert der Tennis-

2. Rätsel-Krimi

Weltrangliste. Auch wenn man von seinen vielen Ehrungen und Preisen laufend in der Presse lesen konnte, war es für uns Polizeibeamte kein Geheimnis, dass dem Tennisprofi der Erfolg zu Kopf gestiegen war. Seine ausfernden Ausgaben für allerlei Luxus sprengten seine nicht unbedeutenden Einnahmen, was ihn anfällig für weniger legale Geschäfte machte. Seit einiger Zeit stand er unter Verdacht, der Kopf einer Autoschieberbande zu sein, die für die Besitzer teurer Sportwagen in der Vorderpfalz zum Albtraum geworden war.

Arbentheuer wohnte in der Haardtstraße nahe der Kurpfalzschule. Auf mein Klingeln hin öffnete ein etwa 30-jähriger Sonnyboy mit Hawaiihemd, verspiegelter Sonnenbrille und Goldkettchen die Tür.

»Guten Tag, mein Name ist Palzki. Kriminalhauptkommissar Reiner Palzki. Mein Kollege hat mich bei Ihnen angekündigt. Darf ich reinkommen?«

Der Tennisprofi lächelte. Es war ein falsches Lachen. Als Beweis für eine Verurteilung war das aber noch zu dürftig. »Kommen Sie herein. Ich habe nichts zu verbergen. Ich kann mir absolut nicht vorstellen, warum Sie gerade mich in Verdacht haben. Eines kann ich Ihnen aber schon jetzt versprechen: Ich werde mich an allerhöchster Stelle beschweren, ich habe vorzügliche Kontakte.«

Ich nickte dem Spinner stumm zu, während er mich ins Haus führte. Die Wände der Eingangsdiele waren von großen Sportfotos geradezu übersät. Überall war Fritz Arbentheuer in Aktion auf den Tennisplätzen dieser Welt zu sehen.

»Ja, ja«, lächelte er mich mit stolzgeschwellter Brust

an. »Das bin alles ich. Ich habe sehr viel Erfolg im Tennis.« Er schnappte sich ein Racket, das auf einer Kommode lag, und führte mehrere Luftschläge durch. Da ich dafür weder die anscheinend erwartete Bewunderung zeigte noch überhaupt mit der Wimper zuckte, legte er das Sportgerät zurück und wies mir, sichtlich von meiner Reaktion enttäuscht, den Weg ins Hausinnere.

Nachdem wir im Wohnzimmer Platz genommen hatten, konfrontierte ich ihn mit dem Verdacht: »Wir haben einen Zeugen, der Sie letzte Nacht dabei beobachtet hat, wie Sie sich an einem abgestellten Porsche Carrera in Otterstadt zu schaffen machten. Bevor er mit uns telefonierte, rief er Ihnen etwas von seinem Balkon aus zu. Daraufhin haben Sie die Flucht ergriffen.«

»Ich soll ein Auto aufgebrochen haben? Sind Sie noch ganz bei Trost? Ich weiß gar nicht, wie lange es her ist, seit ich das letzte Mal in Otterstadt war. Warum sollte ich so etwas tun? Wenn ich einen Porsche will, dann kauf ich ihn mir.« Er schüttelte seine Mähne und ergänzte: »Woher will der Zeuge so genau wissen, dass ich das gewesen bin?«

»Kunststück, Herr Arbentheuer. Er hat aufgrund Ihrer Bekanntheit so oft Fotos von Ihnen in der Zeitung gesehen, dass es für ihn keinen Zweifel gibt.«

»Ist das alles, was Sie zu bieten haben? Nachts sind alle Katzen grau. Auf Ihre Beweisführung bin ich gespannt. Der Täter dürfte doch bestimmt Handschuhe getragen haben, oder?«

»Gewiss, das hat er. Er hat sich aber, als unser Zeuge ihn ansprach, einen Finger eingeklemmt. Und wie ich sehe, ist Ihr rechter Daumen verbunden.«

2. Rätsel-Krimi

Der Tennisprofi stutzte, dann lachte er lauthals heraus. »Das ist aber wirklich sehr weit hergeholt, Herr Inspektor.«

»Inspektor gibt's koan, ich bin Kommissar. 30 Jahre nach Kottan sollte das bekannt sein. Und nun erzählen Sie schon, was ist mit Ihrem Daumen passiert?«

»Was soll schon passiert sein? Ich habe heute Morgen ein weiteres Bild von mir aufgehängt. Das wurde vorletztes Wochenende auf dem Turnier in Hamburg aufgenommen. Sie haben die Spiele bestimmt im Fernsehen gesehen, oder?«

Da ich nicht reagierte, sprach er weiter.

»Beim Nageleinschlagen habe ich danebengetroffen. Das tat richtig weh. Das kann doch mal vorkommen, oder?«

»Bei Ihnen als Profi?«

Arbentheuer stieg eine leichte Zornesröte ins Gesicht. »Was wollen Sie, Herr Palzki? Ich bin Profitennisspieler und kein Profinageleinschlager.«

»Jetzt beruhigen Sie sich doch, so war das nicht gemeint. Würden Sie mir abschließend verraten, wo sie letzte Nacht waren?«

Er schaute mich schräg an. »Ich habe ein Alibi, Herr Palzki. Letzte Nacht war ich bei meiner Freundin in Neustadt.«

»Warum wohnt sie nicht bei Ihnen?«

»Ach, wissen Sie, ich will mich bei der Wahl meiner Freundin noch nicht so genau festlegen.« Er lachte hämisch.

Es wurde Zeit, dem Drama ein Ende zu bereiten. »Das

ist Ihre Sache. Trotz zweifelhaftem Alibi kann ich eindeutig nachweisen, dass Sie mich eiskalt angelogen haben.«

Frage: Woher wusste Reiner Palzki, dass Fritz Arbentheuer gelogen hat?

Lösung: 2. Rätsel-Krimi

Ein Blick auf die Fotos genügte Palzki, um zu erkennen, dass der Tennisprofi Rechtshänder ist. Demnach müsste er den Hammer mit der rechten Hand gehalten haben und der linke Daumen verbunden sein.

3. Rätsel-Krimi

GROSSER LAUSCHANGRIFF

Es hätte so ein schöner Tag werden können.
In der Metropolregion Rhein-Neckar-Pfalz lebten nicht wenige skurrile Gestalten. Nein, nicht Ihren Bürgermeister oder den taubstummen Vorsitzenden des Taubenzüchtervereins mit Tierallergie. Bei uns gab es noch tragischere Fälle.
Sie kennen nicht zufällig Dr. Metzger? Diesen Bananen essenden Scheinmediziner, bei dem das Wort ›Notarzt‹ eine ganz neue Bedeutung erhielt? Dieser Dr. Metzger, der bereits vor Jahren seine Kassenzulassung zurückgegeben hatte, ob freiwillig oder nicht, sei mal dahingestellt, hatte doch tatsächlich die Dreistigkeit besessen, einen Förderverein zu gründen. Zusammen mit weiteren verwegenen Helfern wollte dieser Verein zur Disziplinierung motorisierter und nicht motorisierter Verkehrsteilnehmer beitragen. Mittels diverser kleiner Testprojekte versuchten sie zurzeit die Bevölkerung von ihrem Vorhaben zu überzeugen und gleichzeitig reichlich Spenden zu sammeln. Metzgers neuester Vorschlag, die weißen Flächen der Zebrastreifen durch eine zehn Zentimeter hohe signalfarbene Pflasterung dreidimensional hervorzuheben, gehörte noch zu den harmloseren. Ich selbst hatte den Skurrilarzt längst durchschaut. Jeder, der bei gesundem Menschenverstand war, wusste, dass sich die große Mehrheit der Verkehrsteilnehmer nicht durch die Straßenverkehrsordnung, Bußgelder oder eben den vorgeschlagenen Maßnahmen in ihrem

3. Rätsel-Krimi

Bewegungsdrang gängeln ließ. Auf deutschen Straßen galt seit Jahrzehnten inoffiziell das Faustrecht, das Recht des Stärkeren. Da konnten Polizei und Politik noch so sehr dementieren und auf die Minderheit, die sich an die Verkehrsregeln hielt, verweisen.

Metzger, der alte Geldgeier, dachte nur an seine Mobilklinik: ein umgebautes Wohnmobil, mit dem er durch die Gegend fuhr, angeblich um Unfallopfer zu retten. Auch er wusste natürlich, dass sich die mobile Bevölkerung, genauso wenig wie er selbst, an die teils gemeingefährlichen Maßregelungen des Fördervereins nicht halten würde. Gleichzeitig rechnete er die zu erwartenden Unfallzahlen hoch, was ihm Eurozeichen in die Pupillen trieb.

Jedenfalls, und dies ist die Essenz meines Berichtes, versuchte ich stets, diesem Notarzt aus dem Weg zu gehen. Doch dies gelang mir nicht immer: Eines Tages fläzte ich mich gemütlich in meinen Bürostuhl, um den nahen Feierabend abzuwarten, als das Telefon läutete. Ich ärgerte mich sehr darüber, da ich mir eigentlich angewöhnt hatte, den Teufelsapparat die letzten Stunden eines jeden Arbeitstages auf die Zentrale umzustellen. Nun blieb mir nichts anderes übrig, als abzuheben, es konnte ja etwas Wichtiges sein. Obwohl, warum sollte meine Frau mich im Büro anrufen?

Es war nicht Stefanie, sondern Dr. Metzger, was meine Feierabendlaune noch weiter in den Keller sinken ließ.

»Was wollen Sie zu so später Stunde, Herr Dr. Metzger?«, fragte ich betont unfreundlich.

Die Antwort wurde durch das typische Frankensteinlachen des Notarztes eingeleitet. »Es ist kurz nach 14 Uhr, Herr Palzki«, dröhnte es aus dem Hörer. »Ich habe gerade erst gefrühstückt.« Und wieder das absonderliche Lachen, das nicht von dieser Welt war.

»Was wollen Sie? Ich spende ganz bestimmt nichts für Ihren komischen Verein.«

Metzger ließ sich davon nicht beeindrucken. »Das kann ich mir denken, dass Ihnen unser Förderverein nicht gefällt. Ihr Vorgesetzter hat mir Auszüge aus Ihrer Verkehrssünderkartei zugeschickt. Nur Auszüge, wohlbemerkt. Wenn man Ihnen den Führerschein endgültig abnimmt, Herr Palzki, kann man in Flensburg die Hälfte der Mitarbeiter entlassen, weil sie nichts mehr zu tun haben.«

»Da muss eine Verwechslung vorliegen«, konterte ich und verfluchte den laxen Umgang KPDs mit persönlichen Daten. »Ich besitze seit Jahren keinen Führerschein mehr. So etwas ist vollkommen unnötig, Polizeibeamte werden niemals kontrolliert. Also, was wollen Sie, Herr Doktor?«

»Ja, ja, lassen wir das. Ich habe Arbeit für Sie. Sie kümmern sich doch um tote Mitbürger, oder?«

»Kommt drauf an«, entgegnete ich, nun eine Spur vorsichtiger. »Je nachdem, ob jemand nachgeholfen hat oder nicht.«

»Natürliche Todesursache dürfte eher unwahrscheinlich sein. Die klaffende Wunde an der Schläfe spricht dagegen. Könnte vielleicht ein Suizid sein, wenn auch ein ungewöhnlicher.«

Ich hörte ein deutliches Schmatzen in der Leitung. Dies war das akustische Signal, dass der Arzt eine Banane aß, die den Höhepunkt ihrer Reifung etwa zu Lebzeiten Karl des Großen erreicht haben dürfte.

3. Rätsel-Krimi

»Wo sind Sie denn?« Ich versuchte, das Problem einzukreisen.

»In Rheingönheim im Industriehof. Sie wissen, wo der ist?«

Natürlich wusste ich das. Vor wenigen Jahren wurde südöstlich von Rheingönheim zwischen Bauschuttdeponie und Kiefweiher fast über Nacht ein Industriekomplex schwarz hochgezogen, der dank Fertigteilen schneller stand, als dass die Baubehörde hätte reagieren können. Tatsachen schaffen war die Devise des autokratischen Eigentümers, der über Mittelsmänner die entsprechenden Grundstücke hatte aufkaufen lassen. Doch hier hatte er sich verspekuliert, die Demokratie siegte auf ganzer Linie. Ein einzelner wagemutiger Sachbearbeiter des Bauamtes, der sich partout nicht schmieren ließ, brachte das Fass ins Rollen. Die Gemeinde zog den schwarzen Peter und erhielt aus der Insolvenzmasse das bebaute Grundstück. Statt den schwarzen Peter weiterzureichen, taufte die Gemeinde das Grundstück einfach um. Fortan wurde der Komplex an eine Vielzahl kleiner und kleinster Unternehmen vermietet. Nicht immer waren die nachbarschaftlichen Kontakte friedlicher Natur. Die Verletztenquote war im Industriehof etwa vergleichbar mit einem permanenten Erdbeben. Als uniformierter Polizist sollte man dort nur mit Verstärkung in Mannschaftsbusgröße anrücken.

»Eine der üblichen Auseinandersetzungen?«, fragte ich und atmete auf. Eine größere Ermittlungssache schien mir wohl erspart zu bleiben.

»Glauben Sie, ich rufe Sie wegen einer normalen Schlägerei an, Herr Palzki? Da könnte ich mir gleich eine Standleitung zur Kriminalinspektion legen lassen. Es sieht zwar auf den ersten Blick nicht danach aus, doch ich rieche den Braten. Schmidtchen Schleicher wurde ermordet.«

»Schmidtchen Schleicher?«

»Ja, so wurde er hier genannt, wegen seiner schlottrigen Extremitäten. Seinen richtigen Namen kenne ich nicht. Kommen Sie jetzt vorbei oder soll ich die Sache gegen Aufpreis wieder einmal vertuschen?«

Ich ersparte mir sein Lachen und legte auf. Nachdem ich die Spurensicherung und die anderen üblichen Abteilungen verständigt hatte, fuhr ich los.

Der Industriehof bestand aus vielen verwinkelten einstöckigen Gebäuden, die zusammen mit diversen Hallen den Komplex recht unüberschaubar machten. Fast auf Anhieb fand ich die Mobilklinik vor einem schmalen Bürotrakt stehen. Laut Türschild residierten hier drei Unternehmen, deren Namen ich noch nie gehört hatte.

In der kleinen Eingangshalle zweigten Türen zu Toiletten und Sozialräumen ab, und ein schmaler und dunkler Gang führte zu drei Büros. Im mittleren fand ich Dr. Metzger und einen fremden Mann vor.

»Servus, Palzki«, begrüßte mich Metzger, als wäre ich ein alter Freund. Wahrscheinlich wollte er damit Eindruck schinden.

»Guten Tag, Herr Doktor«, antwortete ich reserviert und schaute auf den Boden. »Ist das der Tote?«

Metzger nickte. »Darf ich Ihnen vorher Herrn Müller vorstellen?« Er zeigte auf den mir fremden Bodybuildertyp, der im ärmellosen T-Shirt mit seinen Oberarmmus-

3. Rätsel-Krimi

keln protzte. Ich nickte ihm zu, was dieser als Redeaufforderung verstand.

»Dies ist das Büro meines Unternehmens, Herr Palzki. Firma Müller Kraftdrinks OHG. Ich beliefere die gesamte Bundesrepublik.«

»Und wer ist das?« Ich zeigte auf einen elendlangen und rappeldürren Mann, der bäuchlings auf dem Boden neben einem Teppich lag. Seine sichtbare linke Gesichtshälfte war von Blut verklebt, welches aus einer Wunde im Schläfenbereich ausgetreten war. Direkt neben seinem Gesicht lag ein riesiger Marmoraschenbecher, auf dem ich einige Blutspritzer entdeckte.

»Heribert Schmidt«, antwortete das Kraftpaket. »Ihm gehört das Büro links nebenan. Er liefert Sportgeräte an Fitnessstudios.«

»Und warum liegt er tot bei Ihnen im Büro?«

»Ein Unfall, Herr Palzki. Es war ein schrecklicher Unfall. Heriberts Geschäfte gingen in letzter Zeit sehr schlecht. Er wollte meinen Laden übernehmen, was ich selbstverständlich ablehnte. Daraufhin hat er sich auf Spionage spezialisiert. Ständig horchte er an meiner Bürotür.«

»Das beantwortet nicht meine Frage.«

»Lassen Sie mich doch ausreden. Vor einer knappen Stunde hörte ich während eines Telefonats ein leichtes Kratzen an der Tür. Ich beendete das Gespräch und tat so, als würde ich weiterhin telefonieren. Ich ging seitlich an der Wand entlang, riss die Tür auf und erblickte Heribert, wie er auf dem Boden kniete und an der Tür lauschte. Als ich ihn ertappt hatte, muss bei ihm eine Sicherung durchgebrannt sein. Er stürmte schreiend zu meinem Schreib-

3. Rätsel-Krimi

tisch, nahm den Marmoraschenbecher in die Hand und bedrohte mich. Ich wich zurück, er kam näher und stolperte über den Teppich. Der Aschenbecher fiel ihm aus der Hand und er mit dem Kopf direkt darauf. Ich versuchte, ihm zu helfen und die starke Blutung zu stillen.« Er zeigte auf ein blutverschmiertes Handtuch. »Als das nicht funktionierte, rannte ich nach draußen und rief um Hilfe. Glücklicherweise lief ich Herrn Dr. Metzger über den Weg.«

»Ja, so war es«, bestätigte der Notarzt. »Ich folgte Herrn Müller sofort in sein Büro, konnte aber nur noch den Tod feststellen.«

Ich wandte mich an das Kraftpaket. »Grundsätzlich klingt Ihre Geschichte glaubhaft, Herr Müller. Leider gibt es eine Kleinigkeit, die Sie eindeutig der Tat überführt.«

Frage: Welche Kleinigkeit meinte Palzki?

Lösung: 3. Rätsel-Krimi

Die Bürotür geht nach außen auf. Nach dem Öffnen der Tür kann das Opfer folglich nicht mehr dahinterknien.

4. Rätsel-Krimi

EINE ERBSCHAFT ZUM RICHTIGEN ZEITPUNKT

Es hätte so ein schöner Tag werden können.
Sogenannte Reizworte konnten einem das Leben ziemlich schwer machen. Insbesondere wenn man verheiratet war und zwei Kinder hatte. Bei vielen Dingen, die man früher gerne gemacht hatte und heute noch gerne tun würde, musste man als verantwortungsbewusster Familienvater zurückstecken. Dass dies so ziemlich alle Lebensbereiche betraf, bemerkte man zunächst nicht. Das Problem entwickelte sich schleichend mit dem Größerwerden des Nachwuchses und dessen Ansprüchen.

Wenn ich es mir am Wochenende auf meiner Terrasse in einer Liege bequem machte, stand mein Sohn Paul sofort neben mir, hielt mir den Joystick hin und forderte mich zum Autorennen auf. Melanie folgte auf dem Fuß und wollte dringend zu einer Freundin nach Ludwigshafen gefahren werden. Meine Frau Stefanie setzte gewöhnlich sofort nach: »Wenn du zurückkommst, kannst du gleich den Rasen mähen.«

Ich hasste das Wort ›Kompromissbereitschaft‹, denn es bedeutete in mindestens 100 Prozent aller Fälle, die eigenen Pläne komplett aufzugeben und sich dem Wohle und den Forderungen der Familie zu ergeben. Aber niemals ließ es das eigene Ego zu, dieses fremdgesteuerte Leben offiziell zuzugeben. Trotzdem, manchmal erwischte ich mich dabei, böse Gedanken zu haben. Ich stellte mir dann vor, wie

4. Rätsel-Krimi

schön es wäre, Überstunden machen zu dürfen. Dies würde allerdings voraussetzen, dass irgendjemand irgendwo ein Leben gewaltsam beendet hatte. Und so weit wollte ich mit meinen bösen Gedanken nun wirklich nicht gehen.

Am schlimmsten war die erzwungene Kompromissbereitschaft im sensiblen Bereich der Nahrungsaufnahme, die in unserer Familie sehr ambivalent diskutiert wurde. Dass sich meine Frau vegetarisch ernährte, okay. Dass sie sich vermeintlich gesund ernährte, auch okay. Zu guter Letzt bemühte ich mich stets, das Versprechen einzuhalten, unsere Kinder weitgehend von ungesunder Nahrung fernzuhalten. Da ich kein Rabenvater war, versuchte ich gelegentlich, selbstverständlich mit erzieherischer Perspektive, den Horizont meiner Kinder zu erweitern und ihnen die Vielfalt der Grundnahrungsmittel zu offenbaren.

Jedes Mal, wenn ich mit Paul und Melanie den Imbiss Caravella betrat, wurden wir stürmisch begrüßt, was an dem zu erwartenden Umsatz liegen könnte. Es ist wohl einleuchtend, dass bei diesen Exkursen meine Frau niemals dabei war und ich diese geldbeutelerleichternde Aktion meist nur dann unternahm, wenn ich als Gegenversprechen ein gewisses Maß an Ruhe von meinen Kindern einfordern konnte.

An diesem Sonntag ging alles schief.

Stefanie teilte uns während des Frühstücks mit, dass sie gleich nach Frankfurt zu ihrer Mutter fahren würde, da diese mit einer Magenverstimmung im Bett liege. Meine Empfehlung, diese Verstimmung mit Marzipan und Nougatpralinen zu kurieren, wurde ignoriert. Damit Paul und Melanie nicht den schädlichen Einflüssen des sonntäglichen Fernsehens ausgesetzt wurden, bat meine Frau mich, mit ihnen einen Ausflug zu machen. Unsere Kinder bekamen leuchtende Augen, doch ihre Mutter hatte sie sofort durchschaut.

»Ich schmier euch Käsebrote, bevor ich fahre«, sagte sie.

Die nächste Schwierigkeit trat auf, als ich bemerkte, dass ich am Freitag meinen Geldbeutel auf der Dienststelle vergessen hatte. So begann unser Ausflug mit einem kurzen Abstecher in den Waldspitzweg zum Sitz der Kriminalinspektion. Da Paul und Melanie nicht im Auto warten wollten, nahm ich sie mit hinein. Es war ja nur für zwei oder drei Minuten. Meinen Geldbeutel hatte ich schnell gefunden, er lag auf einem Stapel leerer Pizzakartons.

Und dann begann das Schlimmste.

Wir waren gerade dabei, an der fast ständig besetzten Notrufzentrale vorbeizuhuschen, als mich ein Beamter in den Raum winkte.

»Herr Palzki, wir haben gerade Meldung bekommen, dass es in Bad Dürkheim zu einem Kapitalverbrechen gekommen ist. Die Kollegen von der Spurensicherung sind bereits unterwegs.«

Ich zog kurz und uninteressiert die Schultern hoch. »Prima, darum werden sich die Kollegen in Bad Dürkheim kümmern. Außerdem bin ich im Wochenende.«

»Ich mein ja nur«, entgegnete der Kollege leicht beleidigt. »Dietmar Becker sagte, wir sollen Ihnen auf jeden Fall Bescheid geben.«

»Dietmar Becker?« Ungläubig starrte ich mein Gegenüber an. Dieser Student der Archäologie, der nichts anderes im Sinn hatte, als widersinnige Regionalkrimis mit einem

4. Rätsel-Krimi

völlig idiotischen Kommissar zu schreiben, lief mir seit einem Jahr ständig bei meinen Ermittlungen vor die Füße.
»Was hat er noch gesagt?«
»Dr. Elvira von Klunkershausen hat es erwischt. Herr Becker meinte, Sie würden sich für die Sache bestimmt interessieren.«
Und ob. Becker hatte mir viel von ihr erzählt. Er war einer der wenigen, der Kontakt zu ihr hatte, um ihre höchst interessante Lebensgeschichte aufzuschreiben. Frau Dr. Elvira von Klunkershausen wohnte wie ein Eremit in ihrer imposanten Gründerzeit-Villa in Bad Dürkheim. Trotz unverbaubarer Hanglage hatte sie sich seit dem Tod ihres Mannes vor rund zehn Jahren regelrecht eingeigelt. Ein teilzeitbeschäftigter Gärtner, der für die undurchdringlichen und fast haushohen Hecken zuständig war, die außer der Einfahrt nicht die kleinste Lücke boten, sowie eine Zugehfrau, die sich um Haushalt und Einkauf kümmerte, waren ihr ganzes Personal. Man munkelte, dass selbst Mitarbeiter der Bad Dürkheimer Stadtwerke zwecks Zählerablesung ihr Grundstück nicht betreten durften. Lieber zahlte sie eine beträchtliche Summe für den geschätzten Energieverbrauch. Wie es Dietmar Becker fertiggebracht hatte, ihr Vertrauen zu gewinnen, war mir mehr als schleierhaft. Der Student hatte mir berichtet, dass die Witwe alles andere als geizig war und sich teilweise recht willkürlich für soziale Projekte einspannen ließ: Sei es eine erkleckliche Summe für die Stadtbücherei, um die Lesekompetenz von Schulkindern zu fördern, bis hin zu Spenden für die Gründung eines Fördervereins der Ruine Hardenburg.

4. Rätsel-Krimi

Ihr Mann, Gesellschafter von zwei selbstgegründeten mittelständischen Industrieunternehmen, starb viel zu früh unter dubiosen ungeklärten Umständen während eines Arbeitsurlaubs in Barcelona in den Armen einer seiner Geliebten. Die Witwe hatte nach einer kurzen Karenzzeit die Unternehmensanteile verkauft und sich aus der Öffentlichkeit weitgehend zurückgezogen. Bezüglich ihrer Spendenprojekte korrespondierte sie ausschließlich handschriftlich in Briefform. Ihre drei längst erwachsenen und eigene Wege gehenden Kinder störte natürlich der in ihren Augen leichtfertige Umgang der Mutter mit dem Familienvermögen. Bei ihren halbjährlichen Besuchen zu Weihnachten beziehungsweise zum Geburtstag der Mutter, warfen sie ihr regelmäßig bösartigen Altersstarrsinn vor. Der Versuch des zwielichtigen Sohns Heinrich-Eberhard, seine Mutter entmündigen zu lassen, scheiterte. Als kleine Retourkutsche wurde Heinrich-Eberhard umgehend enterbt und wird sich deshalb im Erbfall mit einem Pflichtanteil begnügen müssen.

Ich beschloss, meine Kinder in der Dienststelle zu parken. Klar, es wäre besser gewesen, sie nach Hause zu bringen. Doch die wirklich guten Ideen fallen einem meist erst zu spät ein. Ich drückte Melanie einen mittleren Geldschein in die Hand, was Paul mit der Bemerkung »Ist das alles?« quittierte. Mit meinen Kollegen vereinbarte ich, dass die beiden eine Bestellung beim Pizzaservice aufgeben durften und in meinem Büro auf mich warten müssten. Ich hatte keine Ahnung, wie ich das Bauchweh der Kinder meiner Frau beibringen sollte.

Die Straßen waren frei und so erreichte ich zügig die

4. Rätsel-Krimi

Villa von Dr. Elvira von Klunkershausen. Nach der Begrüßung der Bad Dürkheimer Kollegen suchte ich den Studenten Becker. Er hatte als Vertrauter der Ermordeten die Erlaubnis erhalten, am Tatort zu bleiben.

»Hallo, Herr Palzki«, begrüßte er mich. »Wusste ich doch, dass Sie gleich herkommen würden.«

Ich murmelte etwas Unverständliches, bevor ich zur Sache kam. »Was wissen Sie von der Tat?«

»Leider nicht viel, Herr Palzki. Gestern rief mich Elvira an, dass ich heute Morgen zu ihr kommen solle. Sie wollte ihr Testament ändern und ich sollte es als Erstes erfahren. Dass ihre Kinder auch hier sein würden, hatte sie nicht erwähnt.«

»Ihre Kinder?«, fragte ich überrascht. »Warum sind die hier?«

»Angeblich, um ihre Mutter bezüglich des Testaments umzustimmen. Als ich ankam, dachten die drei, dass ihre Mutter noch schlafen würde. Gemeinsam fanden wir sie kurz danach tot in ihrem Bett. Da steht übrigens eines der Geschwister.« Becker winkte einem etwa 40-jährigen Mann mit schmalem Haarkranz und dicker Hornbrille zu. Er kam herüber und stellte sich mir als Heinrich-Eberhard vor.

»Ihr Herz muss wohl zu schwach gewesen sein«, sagte er. »Dass sie ausgerechnet in der Nacht gestorben ist, in der wir bei ihr waren, ist schon sehr tragisch. Gegen 22 Uhr habe ich ihr einen Tee gebracht, den scheint sie aber nicht getrunken zu haben.«

Von der anderen Raumseite kam nun seine Schwester. Becker hatte mir bereits mehrfach von Juliette und ihrem rachsüchtigen Wesen erzählt. Trotz der Trauerkleidung, die sie trug, machte sie einen respektablen Eindruck. Sie wirkte wie eine Frau, die fest im Leben stand und niemals die Zügel aus der Hand gab.

»Als meine beiden Brüder und ich gestern Nachmittag in Bad Dürkheim ankamen, machte unsere Mutter einen sehr fitten Eindruck. Dass sie just in dieser Nacht gestorben ist, finde ich sehr verdächtig.«

Ich wandte mich an Becker. »Woran ist sie eigentlich gestorben?«

Becker zuckte mit den Achseln. »Das ist bisher absolut unklar. Unter anderen Umständen hätte der Arzt sofort eine natürliche Todesursache attestiert.«

»Wie standen Sie zu Ihrer Mutter?«, fragte ich Juliette.

»Wir waren uns nicht sehr grün, wenn Sie das meinen. Das gilt aber auch für meine Brüder. Gestern hatten wir zwar keinen Streit, doch für heute war eine große Familienkonferenz geplant.«

»Und um was sollte es da gehen?«

»Um die Erbschaft natürlich.«

Diese Antwort kam nicht von Juliette, sondern von einem weiteren Mann, der soeben zu uns getreten war. Er sah aus wie ein bemitleidenswertes Männlein. Eine Drogenabhängigkeit würde ich ihm sofort abnehmen.

Er zuckte mit dem Kopf, bevor er weitersprach: »Seit zwei Monaten überweist mir Mutter kein Taschengeld mehr. Ich musste sogar betteln gehen.«

»Wie heißen Sie und wo wohnen Sie?«

Er blinzelte, bevor er antwortete. »Ich bin der Franz-Jürgen und lebe in Karlsruhe, gestern bin ich per Anhal-

Lösung: 4. Rätsel-Krimi

ter gekommen. Wie lange dauert es, bis das Erbe ausbezahlt wird?«

»Das hängt davon ab«, erklärte ich. »Einer von Ihnen wird allerdings wegen Erbunwürdigkeit nichts bekommen. Mörder sind von der Erbfolge ausgenommen.«

Frage: Welches der Geschwister ist der Täter?

Es muss Juliette gewesen sein. Warum sollte sie sonst Trauerkleidung mit zu ihrer Mutter nehmen?

5. Rätsel-Krimi

PAUL PALZKI LÖST DEN FALL

Schule ist doof!

Das muss mal ganz deutlich gesagt werden. Auch wenn mein Papa da manchmal anderer Meinung ist. Aber warum soll sich nicht auch mal ein Polizist irren? Noch vor ein oder zwei Jahren war mein Papa, Reiner Palzki, in meinen Augen der Beste. Doch so langsam glaub ich nicht mehr daran. Wenn er mir von den Gangstern erzählt, die er ständig mit seinen Kollegen Jutta und Gerhard verhaftet, bin ich mir mittlerweile nicht mehr so sicher, ob sein Anteil daran so groß ist, wie er immer sagt. Beim Autorennen auf der Spielekonsole oder beim Monopoly ist er ja auch ein ziemlicher Loser und verliert jedes Mal gegen mich. Nicht einmal mogeln tut er beim Spielen, wie will man es da im Leben zu etwas bringen? Das sind einfache Dinge, die man heutzutage selbst in der Schule ständig benötigt. Übrigens, seine eigenen Zeugnisse hat er mir noch nie gezeigt. Schämt er sich vielleicht für seine vielen Einser und Zweier, die er angeblich hatte? Mein Vater muss ja ein schöner Streber gewesen sein. Wir haben auch so einen in der Klasse bei uns in der Grundschule. Bis jetzt hat ihn noch niemand zum Geburtstag oder auch nur zum Spielen eingeladen. Soll er von mir aus später ruhig Bundeskanzler oder König werden. Mir macht es mehr Spaß, die Lehrer mit verrückten Ideen zur Weißglut zu bringen. Die hätten ja schließlich etwas anderes lernen kön-

5. Rätsel-Krimi

nen, als uns unschuldigen Kindern täglich auf den Wecker zu gehen und uns unsere Freizeit zu rauben.

Und dann meine Schwester! Wie können Eltern nur auf die komische Idee kommen, ein Mädchen zu wollen? Nichts, aber auch wirklich überhaupt nichts, kann man mit Melanie anfangen. Als wir kleiner waren, konnte ich sie noch damit ärgern, wenn ich ihre Kleider versteckte. Inzwischen wird sie gleich brutal und will mich schlagen. Natürlich nur wenn Papa und Mama nicht zuschauen. Die Welt ist gemein. Warum kann ich nicht einfach einen Bruder haben? Dann würden wir die Schule abschaffen und könnten den ganzen Tag Autorennen spielen.

Meine Mutter ist ganz okay. Nur mit ihrem vegetarischen Fimmel geht sie mir auf den Wecker. Das ganze Gemüse soll angeblich gesund sein. Dass ich nicht lache! Vor Kurzem haben wir gesehen, wie jemand mit Gülle seinen Acker besprizt hat. Das ganze Gemüse war danach voller Scheiße. Das kriegt man doch nie mehr wieder richtig runter. Und ich soll das dann essen, nein danke! Einmal habe ich mir die Arme mit ganz vielen roten Punkten angemalt und meiner Mutter gesagt, dass ich eine Gemüseallergie habe und diese nur mit viel Schokolade wieder weggeht. Zuerst hat sie doof geschaut, dann schallend gelacht und mich anschließend unter die Dusche gestellt. Irgendwas habe ich da falsch gemacht. Doch ich gebe nicht auf. Zum Glück geht es Papa genauso. Manchmal fährt er mit Melanie und mir zum Caravella oder einem anderen Imbiss. Nur Mama dürfen wir das nicht verraten. Wenn ich groß bin, mach ich auch einen Imbiss auf.

5. Rätsel-Krimi

Heute ist ein blöder Tag. Papa ist von seinem Chef eingeladen worden, Kapede heißt er, komischer Name. Manchmal nennt er ihn auch Diefi oder Diefenbach. Erwachsene geben sich öfters gegenseitig komische Namen. Dieser Kapede hat nicht nur Papa eingeladen, sondern auch Mama und uns Kinder. Papa hat gesagt, das sei eine Belohnung, weil er, also Papa, ein paar wichtige Gangster verhaftet habe.

»Paul? Hast du dich schon umgezogen?«

Mist, das ist Mama, die da ruft. Ich muss mich beeilen. Wie ich es hasse, diese blöden Sonntagskleider anzuziehen. »Ich bin gleich fertig, Mama!«

Als ich ins Wohnzimmer komme, steht Papa da und hat einen knallroten Kopf. Zuerst denke ich, dass er gerade erstickt.

Doch dann sagt Mama: »Reiner, einmal im Jahr wirst du wohl eine Krawatte anziehen können. Dein Chef legt halt Wert auf Etikette.«

»Dann lös ich noch schnell welche von den Bierflaschen ab und zieh die verdammte Krawatte aus«, sagt er.

»Untersteh dich«, antwortet Mama und schickt Melanie und mich raus zum Auto, damit wir den Rest des Gesprächs nicht mitbekommen.

Als wir im Auto sitzen, dreht sich Mama zu uns um. »Wir haben ja alles besprochen. Ihr benehmt euch anständig, passt auf, dass ihr nichts kaputt macht, und Paul erzähl keine Witze, verstanden?«

»Ja«, murmele ich.

»Du auch, Melanie?«, fragt Mama nach, weil sie keine Antwort bekommt. »MELANIE?«

5. Rätsel-Krimi

Meine Schwester zuckt zusammen und reißt die Kopfhörer herunter. »Was ist, Mama? Hast du was gesagt?«, fragt meine blöde Schwester verdattert.

Unsere Mutter schnauft tief durch und bleibt ruhig. Bald erreichen wir das Haus von Papas Chef. Er öffnet auch gleich die Tür und gibt Mama einen Handkuss. Papa beachtet er so gut wie nicht und mir streichelt er über den Kopf. »Das sind also Ihre beiden wohlgeratenen Kinder, Frau Palzki? Ich wollte ja auch immer Kinder haben, leider hatte ich nie Zeit dazu. Und tageweise irgendwo ausleihen kann man die ja nicht, oder geht das inzwischen?« Er lacht wie Dracula im Nachtprogramm, das ich manchmal heimlich schaue.

Kapedes Frau sieht aus wie ein Weihnachtsbaum. Sie hat unheimlich viele Ketten und so Zeugs umhängen. Nur Kerzen kann ich keine sehen. Dafür ist ihre Wohnung ganz kahl. Nirgendwo liegt oder steht etwas herum, ganz anders als bei uns zu Hause. Ich schaue aus dem großen Wohnzimmerfenster.

»Geil, ein richtig großer Rasen. Darf ich da Fußballspielen?«

Die Gesichter der vier Erwachsenen erstarren. Dann sagt Papas Chef zu mir: »Das geht leider nicht, Kleiner. Das ist ein englischer Zierrasen. Da darf man nur mit speziellen Schuhen drauf.«

»Ach so«, antworte ich. »Schade, ich habe meine Spikes zu Hause liegen.« Doch ich habe sowieso schon was Tolleres gesehen. An einer Wand hängt ein riesiger Fernseher, fast so groß wie im Kino.

»Gei... äh, super Gerät. Haben Sie auch eine Playstation?«

Diefenbach lächelt gütig. »Ich weiß zwar nicht, was du damit meinst, aber schau dir doch mal die andere Wand an.« Er dreht sich zur Seite und ich blicke auf die Wand. Dort hängen mindestens ein paar Millionen gerahmte Urkunden. Vielleicht sogar noch mehr. »Die habe ich alle für besondere Verdienste bekommen«, erzählt er stolz.

Darauf habe ich nun wirklich keinen Bock. Ich gehe zu einer Vase, die in der Ecke steht und seltsam bemalt ist.

»Pass bitte auf, die Vase ist 2.500 Jahre alt.«

»Was bedeuten diese komischen Schriftzeichen an der Seite? Das kann doch kein Mensch lesen!«

»Kein Wunder«, belehrt mich Kapede. »Das ist Altgriechisch. So haben die Griechen früher geschrieben. Das ist ein Beweis dafür, dass diese Amphore schon weit über 2.000 Jahre alt ist.«

»Und wenn das Ding eine Fälschung ist? Sie können die Schrift doch bestimmt auch nicht lesen.«

»Daran habe ich natürlich selbst schon gedacht und mir den Text beim Kauf der Amphore übersetzen lassen.«

Er gibt mir einen kleinen Zettel. Ich lese laut vor und alle hören mir zu. »Zu Ehren von Panionios, dem Sklavenhändler für die Aufbewahrung von Olivenöl des Ölbaums. Athen im Jahre 490 vor Christus.«

»Na, bist du jetzt beeindruckt, kleiner Mann?«

»Und wie«, antworte ich und lache laut heraus. »Mit dieser Amphore hat man Sie nach Strich und Faden veräppelt. Die ist nie im Leben so alt wie angegeben!«

Frage: Was hatte Paul bemerkt?

Lösung: 5. Rätsel-Krimi

490 Jahre vor Christus konnte man noch nichts von Christus wissen.

6. Rätsel-Krimi

DIE DUSCHE DES TODES

Es hätte so ein schöner Tag werden können.

Fünf Arbeitstage, die ein Wochenende vom nächsten trennten, waren eindeutig zu viel. Nicht weil ich zu der Mehrheit der deutschen Bevölkerung zählte, für die die Arbeit nur ein notwendiges Übel zum Geldverdienen war, sondern aus anderen, viel bedeutsameren Gründen.

In der Küche, gleich neben dem Herd, hing ein Notizblöckchen, dessen oberstes Blatt am Sonntagabend gewöhnlich in reinstem Weiß blitzte. Nein, falsch geraten, es handelte sich nicht um den Platzhalter für die wöchentliche Einkaufsliste. Dieser Merkzettel diente dazu, kleinere Reparaturen zu notieren, die der Hausherr möglichst an seinem freien Wochenende durchzuführen hatte. Gewöhnlich sah es dann so aus, dass ein Fahrradschlauch (Hinterrad) zu flicken war, die Kette bei einem anderen Rad zu spannen, die Griffe eines Kochtopf mit einem mörderisch kurzen Gewinde anzuziehen, die verzogenen Schubladenauszüge des Wohnzimmerschrankes auszutauschen und ein gerissener Rollladengurt in einem der Kinderzimmer zu erneuern war, um nur die wichtigsten Dinge einer durchschnittlichen Woche zu nennen.

Jetzt könnte man entgegnen, dass der neuzeitliche Mensch im Regelfall über 30 Tage Urlaub im Jahr verfügte. Doch Urlaub und Erholung waren nicht unbedingt dasselbe. Zumindest dann nicht, wenn man mit Frau und Kinder in einer Doppelhaushälfte wohnte und über ent-

6. Rätsel-Krimi

sprechend viele Zimmer verfügte. »Pauls Zimmer gehört mal wieder tapeziert, der hat noch eine Kleinkindertapete«, bestimmte die allerbeste aller besten Ehefrauen im letzten Weihnachtsurlaub. In den nächsten Tagen, kurz vor Ostern, sollte das elterliche Schlafzimmer an die Reihe kommen und wie ein Damoklesschwert hing die Drohung in der Luft, im Sommer das Treppenhaus zu tapezieren. Ich konnte mich noch gut an einen Fernsehwerbespot aus den 70er-Jahren erinnern. Darin hatte die Maler- und Tapeziermafia frech behauptet: ›Tapetenwechsel braucht der Mensch, alle drei Jahre mindestens.‹ Wahrscheinlich hatte man den Ideengeber damals gleich nach Sibirien verbannt.

Den Lauf der Zeit konnte ich dummerweise nicht aufhalten. In weniger als einer Stunde hatte ich Feierabend und nach einem schnellen Abendessen musste ich mit Frau und Kinder in den Baumarkt. Meinem Einwand, dass ich dabei sowieso nur stören würde und sie doch einfach die am besten geeigneten Tapeten kaufen sollte, wurde nicht stattgegeben. Ich war mir sicher, es würde wie immer sein:

»Schatz, ist das nicht eine schöne Tapete?«

Ich antwortete, ohne richtig hinzusehen, mit »Klasse, die gefällt mir auch. Ich pack gleich die Rollen in den Wagen.« Stefanie fing an zu grübeln und legte die Rolle wieder weg. Die Sucherei ging weiter. Hilfestellungen meinerseits wurden schlichtweg ignoriert. Selbst wenn ich mich anstrengte und einen meiner Meinung nach durchaus schönen Wandbehang herausgesucht hatte, erntete ich stets nur ein mitleidvolles Kopfschütteln. Dass Paul und Melanie dabei waren, machte die Sache nicht einfacher. Melanies Vokabular beschränkte sich während solcher Einkaufstouren auf ein einziges, ständig wiederholtes Wort: langweilig. Sie lebte in ihrer eigenen Welt. Mit ihrem elektronischen Musikkram, den sie sich schalldicht in die Ohren stöpselte, war sie uns schon das eine oder andere Mal abhandengekommen. Sie saß dann in irgendwelchen Gängen und träumte von einer besseren Welt. Einmal mussten wir sogar gemeinsam mit dem Personal nach Geschäftsschluss einen Supermarkt durchsuchen. Schließlich fanden wir sie in der Musikabteilung. Dass nur noch die Notbeleuchtung eingeschaltet war, war ihr gar nicht aufgefallen.

Mit Paul war es dagegen nicht so einfach. Als Herr über den Einkaufswagen verwechselte er so manchen Bau- und Supermarkt mit einer Formel-1-Rennstrecke. Glücklicherweise war unsere Privathaftpflichtversicherung jedes Mal äußerst kulant. Ich musste nur selten mit meiner Berufsbezeichnung drohen.

Um es kurz zu machen: Das Drama würde erst enden, wenn Stefanie sämtliche verfügbaren Tapetenmuster mindestens zweimal in der Hand gehalten hatte und unschlüssig vor ihren rund ein Dutzend Favoriten stand. In diesem Showdown konnte ich nur eines tun, und das war extrem wichtig: meine Klappe halten. Manchmal funktionierte es. Aber nicht immer. Dann wurden wir vom Filialleiter mit strengem Blick auf die Uhr ermahnt, doch morgen wiederzukommen, da die Kassen sowieso bereits seit einer Viertelstunde geschlossen waren.

Noch war es nicht so weit. Denn ich hatte Glück. Während ich vor mich hindämmerte, kam meine Kollegin Jutta

6. Rätsel-Krimi

Wagner ins Büro und forderte mich auf: »Los, komm, wir haben einen Einsatz.«

Mit einem Blick auf die Uhr antwortete ich: »Oh, ausgerechnet so kurz vor Feierabend.« Meine plötzliche gute Laune bemerkte sie nicht.

Jutta meinte nur: »Da kann man nichts machen, ich wollte nachher shoppen gehen. Das kann ich nun vergessen.«

Gemeinsam fuhren wir in den Süden von Frankenthal. Da die Außentemperatur zu dieser Jahreszeit noch unter 40 Grad Celsius lag, war die Heizung in Juttas Wagen wie immer auf die höchste Stufe gestellt. Ich wunderte mich, dass das Kunststoff des Armaturenbretts nicht wegschmolz. Doch ich hielt meine Klappe, auf einen Fußmarsch legte ich keinen Wert.

Jutta klärte mich während der Fahrt über unseren Einsatz auf. »Lena Margaritha, das ist der Künstlername des Models, wurde vor wenigen Minuten von ihrem Freund, mit dem sie zusammen in einer Altbauwohnung wohnte, tot aufgefunden. Dem Anruf nach scheint ein Fremdverschulden vorzuliegen. Der Notarzt wartet noch.«

Das Model wohnte im zweiten Stock. Die knarzende Holztreppe würde mich um den Verstand bringen. Nicht einmal eine Maus konnte ungestört nach oben schleichen.

Der Notarzt, von der Erscheinung her vergleichbar mit Dr. Metzger, wirkte im Gegensatz zu diesem äußerst kompetent. Mit einer gewissen Lässigkeit, aber dennoch genügender Detailtreue beschrieb er uns die Situation.

»Die Tote war nackt und lag mit ihrem Oberkörper

außerhalb der Duschtasse. Sie muss meiner Meinung nach gerade fertig gewesen sein und wollte die Dusche verlassen. In diesem Moment hat der Täter drei oder vier Messerstiche in ihrer Brust platziert. Einer ging vermutlich direkt ins Herz. Genaueres wird die Obduktion zeigen.«

Ich betrachtete das Model, das der Notarzt zwecks erster Untersuchung komplett aus der Dusche gezogen hatte. Ihre nassen schwarzen Haare bedeckten die rechte Hälfte des Gesichts. Sie war eine Schönheit. Vor der Badtür sah ich einen jüngeren Mann stehen, der mir mit seiner Goldkette und mit dem bis zum Nabel offenstehenden Hemd sofort unsympathisch war.

»Wer sind Sie?«

»Müller, Marco Müller«, antwortete er und zog die Nase hoch. »Lena war meine Freundin.«

»Haben Sie Ihre Freundin tot aufgefunden? Haben Sie etwas verändert, bevor der Arzt kam?«

Marco schüttelte den Kopf. »Ich wusste sofort, dass sie tot war.«

»Haben Sie eine Ahnung, wer das gewesen sein könnte?«

Ein Schulterzucken war die Antwort. »Ich war höchstens eine halbe Stunde unterwegs. Lena wollte in der Zeit duschen, da sie heute Abend im Congressforum einen großen Auftritt hat. Gehabt hätte, mein ich.«

»Von einem Besucher wissen Sie nichts?«

»Nein, ich glaube nicht, dass Sie einen Liebhaber hat. Hatte, mein ich. Ich bin zwar viel unterwegs, aber das hätte ich bestimmt mitgekriegt.«

Es klingelte an der Tür. Ich ließ Marco stehen und öffnete gemeinsam mit Jutta die Tür. Vor uns stand das Verrückteste, was ich je live erleben durfte. Die junge Dame kam wohl direkt von einer der skurrilen Modeshows, die ab und zu im Trivial-TV liefen. Ihr nicht alltagstaugliches Kleid sah aus, als wäre es aus Tausenden leeren Klopapierrollen zusammengeklebt und ging über in ein Gebilde aus Spachtelmasse, unter dem man mit viel Fantasie ein menschliches Gesicht vermuten könnte. Gekrönt wurde das Gebilde von einer Frisur, die mich unter normalen Umständen zu einem Lachkrampf animiert hätte. Einem Dornenbusch nicht unähnlich, fehlten in dem Gestrüpp aus wild arrangierten Haaren nur noch die Vogelnester. Stattdessen hatte irgendein selbsternannter Künstler kleine Paprika und Radieschen eingeflochten.

»Was, äh, Entschuldigung, wer sind Sie?«, stotterte ich zur Begrüßung.

»Das Gleiche könnte ich Sie fragen. Ich will meine Freundin abholen.«

»Lena?«

»Ja, sonst wohnt ja nur noch ihr Freund hier. Der wird uns jetzt nämlich ins Congressforum fahren. Wir haben heute einen großen Auftritt.«

»Verstehe«, antwortete ich und zeigte ihr meinen Ausweis. Nachdem Jutta ihr von dem Tod ihrer Freundin erzählt und sie sich wieder beruhigt hatte, hakte ich nach: »Was für einen Auftritt haben Sie denn?«

»Heute ist doch die Show ›Haare extrem international‹, wissen Sie das nicht?«

»Doch, natürlich«, log ich. »Wollte Lena da auch mitmachen?«

6. Rätsel-Krimi

»Na klar, wir waren heute Morgen extra bei Jacques, dem Meister-Coiffeur.«

»Gehören die Klopapierrollen auch mit zum Spiel?«

»Wie meinen Sie das?«

»Ach, ist nicht so wichtig. Ich kann mir auch so denken, wer für Lenas Tod verantwortlich ist.«

Frage: Wer war für Lenas Tod verantwortlich?

Lösung: 6. Rätsel-Krimi

Marco. Lena würde nie auf die Idee kommen, sich nach dem Friseurtermin die Haare zu waschen. Die Sache mit der Dusche muss somit arrangiert worden sein.

7. Rätsel-Krimi

DIE LÜGE DER FRAU DR. OBERSTOLZ

Es hätte so ein schöner Tag werden können.
Regen, nichts als Regen. Es war zum Verrücktwerden. Seit fast zwei Wochen gab es keinen Tag, an dem es bei uns im Zentrum der Metropolregion Rhein-Neckar-Pfalz nicht mindestens zehn bis zwölf Stunden geregnet hatte. Das Wetter beherrschte die Schlagzeilen und erste Witzbolde behaupteten, die Sonne nur aus Erzählungen der Altvordern zu kennen. Ich selbst war über das Wetter nicht unbedingt sauer. Solange ich nicht wegen einer mörderischen Angelegenheit im Außendienst ermitteln musste, genoss ich es, nicht den Garten zu gießen oder Rasen mähen zu müssen. Das mit dem Rasenmähen war ja nicht so selbstverständlich. Mein Nachbar, Herr Ackermann, pflegte seinen englischen Zierrasen strikt nach Anleitung. Dazu gehörte, dass das Grün jeden zweiten Tag geschnitten werden musste, sogar im Oktober. Unabhängig von der Wetterlage. An einem besonders nassen Tag hatte er, vermutlich in der Hoffnung auf besseres Wetter, erst gegen 23 Uhr mit dem Mähen begonnen. Vielleicht war er ja auch nur auf der Flucht vor seiner Frau, die unangefochtene Weltmeisterin im Viel- und Schnellschwätzen.
Zusammen mit meinem Kollegen Gerhard Steinbeißer saß ich bei Jutta Wagner im Büro. Jungkollege Jürgen hatte Urlaub, er musste seine Mutter auf eine Busreise durch irgendeine französische Gegend, von der ich noch nie zuvor gehört hatte, begleiten. Meine beiden Kollegen

7. Rätsel-Krimi

tranken wie üblich ihren Sekundentod, einen Kaffee, der selbst Tote wiederauferstehen lassen könnte. Das haben wir selbstverständlich bisher noch nicht überprüft. Ich begnügte mich mit einer Flasche Cola. Beim Betriebsfest in der letzten Woche, KPD hatte feierlich seine neue Klimaanlage eingeweiht, war eine volle Kiste Cola übrig geblieben. Irgendwie hat irgendjemand diese beim Aufräumen versehentlich in mein Büro gestellt. Ich wollte dies längst melden, doch ständig kam mir im Stress der letzten Tage etwas dazwischen. Das Cola hatte zwar nur Zimmertemperatur, aber man konnte im Leben nicht alles haben.

Da gerade nichts Dringendes anlag, schauten wir gelangweilt aus dem Fenster in den Hof der Polizeiinspektion. Und wieder fuhr ein Streifenwagen der Schutzpolizei los. Bei dem Regen irgendwo einen Unfall aufzunehmen, das würde mir bös stinken. Allerdings hatte der Regen den Tag über größere Pausen gemacht und ab und zu war sogar die Sonne zu sehen gewesen.

»Was machen wir mit dem Rest des Tages?«, fragte Gerhard und schaute in seine leere Tasse.

»Wir könnten den Pizzaservice anrollen lassen«, antwortete ich, weil mir nichts anderes einfiel und ich zudem Hunger hatte.

»Spinnst du?«, antwortete Jutta und zeigte in die Ecke auf einen mannshohen Stapel leerer Pizzakartons. »Wir haben erst vor zwei Stunden Pizza gegessen. Hast du auch was anderes im Kopf außer Essen?«

Ich wiegte meinen Kopf hin und her. »Mir fällt noch etwas anderes ein, das würde man aber zensieren.«

»Dann behalt es für dich«, entgegnete Gerhard mit

7. Rätsel-Krimi

einem schelmischen Grinsen. »Spielen wir eine Runde Kniffel?«

Das Telefon klingelte. Wir ignorierten es. Wer konnte zu so später, nachmittäglicher Stunde etwas von uns wollen? Das Problem löste sich in Luft auf, das Telefon verstummte.

Dafür kam eine knappe Minute später ein Kollege ins Büro gestürmt. »Sagt mal, habt ihr das Telefon nicht gehört?«

Wir starrten wie abgesprochen kurz auf den Apparat und schüttelten die Köpfe.

»Ihr habt einen Einsatz.« Ein gemeines Lächeln überzog sein Gesicht. »Den Mann von der Mutterstadter Bürgermeisterin hat es erwischt.«

»Oberstolz?«, fragte Jutta überrascht nach.

Der Beamte nickte. »Ihr fahrt am besten gleich zu Oberstolz' Bungalow. Die Frau Bürgermeisterin und ein Notarzt sind bereits vor Ort.«

Jutta beschloss, hierzubleiben und ihr Büro aufzuräumen, während wir die Ermittlungen anstießen. Recht hatte sie, zu dritt mussten wir da wirklich nicht auftauchen. Außerdem hatte ihr Büro eine Aufräumaktion dringend nötig. Überall stapelten sich leere Essensbehältnisse, schlimm. Gerhard und ich benötigten knapp zehn Minuten nach Mutterstadt.

Frau Dr. Brunhilde Oberstolz war seit letztem Jahr die neue Bürgermeisterin von Mutterstadt. Erst vor knapp fünf Jahren waren sie und ihr Mann in den Ort gezogen und sofort einem guten Dutzend Vereine beigetreten. Durch die neu gegründete Wählergruppe GA, was

7. Rätsel-Krimi

so mancher als ›Gegen alles‹ interpretierte, gelang es ihr, den begehrten Bürgermeisterposten mit nur zwei Stimmen Vorsprung gegenüber dem Kandidaten der Wählergruppe KP (kein Plan) zu ergattern.

Frau Dr. Oberstolz war Akademikerin. Sie hatte zur Problematik der klimatischen Veränderungen im Zusammenhang mit dem Liebesleben der Turkmenischen Springmäuse promoviert; doch dies lag Jahrzehnte zurück. Details ihres Privatlebens hatte sie nie an die große Glocke gehängt. In Polizeikreisen war aber bekannt, dass sich das Ehepaar Oberstolz des Öfteren fast bis aufs Messer bekämpfte. Etwa zwei- bis dreimal im Monat, im Winter öfters, mussten die Kollegen von der Streife als Streitschlichter tätig werden. Gewöhnlich trug dann er oder sie, dies wechselte bisweilen, Blessuren wie blaue Augen oder eine blutige Nase davon. Seltsamerweise war sich das ungewöhnliche Paar in der Öffentlichkeit stets einig. In fast allen Vereinen begleiteten sie inzwischen Posten in der Vorstandschaft. Wie mir allerdings Dr. Metzger kürzlich vertraulich berichtete, gab es im örtlichen Förderverein ›Eingemeindung Limburgerhof – Jetzt oder nie!‹ Unregelmäßigkeiten in der Kassenführung. Kassenführer: Berthold Oberstolz.

Und genau dieser war in seinem Bungalow eiskalt ermordet worden. Die Spurensicherung war zeitgleich mit uns eingetroffen. Wir folgten den Beamten in die Wohnung.

In der Küche trafen wir auf einen Arzt, der zur Begrüßung den Kopf schüttelte. »Da war nichts mehr zu machen. Ein Schuss aus höchstens zwei Meter Entfernung direkt in den Schädel. Besser, Sie ersparen sich den Anblick.«

Ich winkte ab und Gerhard antwortete in der für ihn

typischen Art: »Ich habe schon Dreizentnerfrauen in engen Leggins und bauchfreiem T-Shirt gesehen, das härtet ab.«

Es wäre besser gewesen, ich hätte auf den Rat des Arztes gehört. Blut machte mir normalerweise nicht viel aus, doch ab einer gewissen Menge kam sogar bei mir Übelkeit auf. Ein kurzer Blick genügte und ich ging schnellen Schrittes durch das angrenzende Wohnzimmer auf die Terrasse hinaus und atmete erst einmal tief durch. Die mich wärmende Oktobersonne würde in Kürze den Horizont am Pfälzer Wald erreichen, der Regen hatte sich nun wohl endgültig verabschiedet.

»Na, dir wird doch von dem bisschen Blut nicht schlecht geworden sein?« Gerhard war mir gefolgt und grinste, was ich völlig unangebracht fand.

»Mir doch nicht«, log ich. »Ich wollte nur den Grundriss des Bungalows verinnerlichen. Wo ist eigentlich die Frau Bürgermeisterin?«

»Die kommt gleich – ah, da ist sie ja.« Gerhard zeigte auf Frau Dr. Oberstolz, die gerade aus dem Haus kam.

»Sind Sie Herr Palzki?«, fragte sie mit dünner Stimme. »Mein Hausarzt hat mir gesagt, dass Sie bestimmt Fragen an mich haben. Nehmen Sie aber bitte Rücksicht auf meinen labilen Zustand. Es ist ja so schrecklich, was passiert ist.«

»Keine Angst, Frau Bürgermeisterin, darin sind wir ausgebildet. Ich habe zunächst nur ein paar kleine Fragen. Waren Sie dabei, als Ihr Mann erschossen wurde?«

Sie heulte kurz auf, beruhigte sich aber sofort wieder. »Das ist ja das Schlimme. Ich war auf der Terrasse, genau

7. Rätsel-Krimi

da, wo wir jetzt stehen, und betrachtete einen riesengroßen Regenbogen.« Sie zeigte in Richtung Pfälzer Wald. »Die Terrassentür stand weit offen und drinnen hörte ich meinen Mann reden. Ich dachte, er telefoniert. Dann knallte plötzlich ein Schuss. Ich war irritiert und lief ins Haus. Da kam von drinnen ein maskierter Mensch angerannt, stieß mich zur Seite und verschwand im Garten. Sekunden später fand ich meinen Mann in der Küche liegen.«

»Und was haben Sie dann gemacht?«

Sie schüttelte sich. »Ich musste mich übergeben. Das viele Blut, Sie verstehen?«

Ich nickte verständnisvoll.

»Dann habe ich sofort die Polizei informiert und danach meinen Hausarzt. Als Erstes kam aber ein Notarzt und kümmerte sich um meinen toten Mann. Der Hausarzt hat mir inzwischen eine Beruhigungsspritze gegeben.«

»War noch jemand im Haus?

Die Bürgermeisterin schüttelte den Kopf. »Unsere Reinemachefrau hat heute Mittag ihren freien Tag und der Gärtner ist zurzeit krank.«

»Können Sie den Maskierten beschreiben?«

»Das ging alles so schnell. Ich konnte nur eine schwarze Lederjacke erkennen und eine Sturmhaube. Ich glaube, er trug eine Brille, da bin ich mir aber nicht sicher.«

»Das ist leider nicht allzu viel«, antwortete ich. »Vielleicht findet die Spurensicherung etwas, Schuhabdrücke zum Beispiel.«

»Bitte, fangen Sie den Mörder meines Mannes, dieses Verbrechen muss gesühnt werden.«

»Kein Problem«, sagte ich und legte der verblüfften

Bürgermeisterin Handschellen an. »Schon geschehen. Ich nehme Sie vorläufig fest.«

Frage: Warum nahm Palzki die Bürgermeisterin fest?

Lösung: 7. Rätsel-Krimi

Frau Oberstolz will einen Regenbogen in Richtung der Sonne gesehen haben. Regenbogen kann man jedoch nur in der entgegengesetzten Himmelsrichtung beobachten.

8. Rätsel-Krimi

PALZKI UND DER HUNDENARR

Es hätte so ein schöner Tag werden können.

Noch drei Monate bis Weihnachten und meine Kinder überboten sich bereits in der Anzahl und Kostspieligkeit ihrer Wünsche. Nicht genug, dass in Supermärkten Ende September regelmäßig die Vorweihnachtszeit ausbrach und meinen stringenten Kalorienplan gehörig durcheinanderwarf, musste ich mich ein Quartal lang mit den Forderungen von Melanie und Paul auseinandersetzen.

Während Melanie geruhsamer startete und mit einem Wunsch nach einem Aquarium einstieg, begann Paul mit zwei oder ein paar mehr Kaninchen, wie er sich ausdrückte. Dass Melanie auf Piranhas bestand, die sie bei passender Gelegenheit zu ihrem Bruder in die Badewanne setzen wollte, erfuhr ich erst bei einer späteren Verhandlungsrunde. Paul konterte mit dem Wunsch nach einem kleinen Hund, höchstens so schwer wie er selbst. Sodass er noch bequem auf ihm reiten und Melanie jagen könne.

Das Problem, oder vielmehr eines der Probleme, war, dass ich dem Wunsch nach Haustieren nicht unbedingt positiv gegenüberstand.

»Wer kommt für Fütterung und die Reinigung auf? Wer geht Gassi?«

»Spinnst du, Papa?«, konterte meine schlagfertige Tochter. »Ich gehe doch mit meinen Piranhas nicht Gassi.«

Wenn dieses Argument von meiner Frau gekommen

8. Rätsel-Krimi

wäre, dann hätte es alle anderen Bedenken gleich mit vom Tisch gefegt. Doch meinen Kindern gegenüber hatte ich hoffentlich noch eine gewisse Portion Restautorität. Zumindest im Ansatz.

»Und wer reinigt das Aquarium oder badet den Hund?« Auch damit kam ich nicht wirklich weiter.

»Der Hund kann doch im Pool der Nachbarn baden«, meinte Paul. »Dann wäre er immer sauber.«

»Meine Fische werden nicht schmutzig, die sind immer im Wasser.« Sie lächelte listig mit einem Blick zu ihrem Bruder. »Meistens jedenfalls.«

Ich musste meine Taktik ändern. Zuerst nahm ich mir Paul vor. »Du weißt, dass ein Hund jeden Tag mehrmals raus an die frische Luft muss? Was machst du, wenn es regnet, schneit oder stürmt?«

Er brauchte nur eine Sekunde für seine Antwort. »Mama sagt doch immer, dass du zu wenig Bewegung hast, Papa. Wenn es regnet, darfst du mit dem Hund raus. Mama ist damit bestimmt einverstanden.«

Irgendwie ging die Diskussion in die falsche Richtung. Ich konzentrierte mich auf Melanie. »Ein Aquarium muss fast jeden Tag sauber gemacht werden. Weißt du, wie viel Arbeit das ist? Außerdem muss man die Fische beschäftigen, sonst sterben sie an Langeweile.« Ha, damit würde ich gewinnen.

»So viel Arbeit kann das doch wohl nicht sein. Was soll in einem Aquarium schmutzig werden? Da sind doch bloß Wasser und Fische drin, die machen keinen Abfall. Außerdem kann ich den Piranhas abends den Fernseher einschalten, dann haben sie Abwechslung.«

8. Rätsel-Krimi

»Du hast doch überhaupt keinen Fernseher in deinem Zimmer.«

»Noch nicht.« Sie grinste.

In diesem Moment hatte ich den wahrscheinlich rettenden Einfall. »Ich diskutiere das Thema mit eurer Mutter. Mal sehen, was sie dazu meint.«

Als ich am nächsten Morgen zur Arbeit ging, dachte ich noch, einen Arbeitstag lang von Tieren verschont zu bleiben. Leider verschätzte ich mich damit gehörig.

Kaum hatte ich mich in meinem Büro nach einer Stunde halbwegs akklimatisiert und die wichtigsten Zeitungen überflogen, als ich zu einem Einsatz gerufen wurde. Jeronimus Hildtenbrand hatte in einer Entführungsgeschichte um Hilfe gebeten, ja sogar gefleht. Sein Sebastian von Waterloo sei verschwunden.

Dazu muss man wissen, dass der halbseidene Hildtenbrand einer der bekanntesten und gleichzeitig berüchtigtsten Hundezüchter weit und breit war. Sein amtsbekannter Ausspruch ›Der will doch nur spielen‹ war jedem Richter, und das waren nicht wenige, ein Gräuel. Der Züchter wuchs in ärmlichen Verhältnissen auf und entwickelte sich als Heranwachsender zu einer Persönlichkeit, die die gängige Gesetzgebung nicht allzu ernst nahm. Sein bescheidener Reichtum, der sich in etwa linear zu der Anzahl seiner Vorstrafen vermehrte, wäre ihm sicherlich irgendwann einmal zum Verhängnis geworden. Zu seinem Glück gewann er in dieser als kritisch zu sehenden Lebensphase knapp zwei Millionen Euro im Lotto. Wie so manchem anderen stieg auch Hildtenbrand der

8. Rätsel-Krimi

unerwartete Reichtum zu Kopf. Eine Villa mit vier Hektar Grundbesitz sowie eine Armada an Angestellten, die sich um Haus und Hof kümmerten, gehörten nun ihm. Dass dies langfristig nicht funktionieren konnte, bemerkte er nicht und es interessierte ihn auch nicht. Seine Karriere als Kleinkrimineller wurde obsolet, wegen der sich schnell ausbreitenden Langeweile stieg er in die Luxus-Hundezucht ein.

Ein livrierter Diener führte mich durch die Eingangshalle in eine Wohnanlage, die groß wie ein Möbelhaus war.

Jeronimus Hildtenbrand, wie gewohnt im ballonseidenen Jogginganzug, kam mir mit tränenüberflutetem Gesicht entgegen. »Danke, dass Sie so schnell gekommen sind, Herr Palzki. Wollen Sie Platz nehmen und etwas trinken? Vielleicht einen Martini?« Er zeigte auf eine Ledercouch, die mit Hundehaaren in allen Farben übersät war. Ich verneinte und verkniff mir den Spruch mit dem gerührten Martini. Erst jetzt nahm ich den kläffenden Lärmpegel wahr, der von draußen hereindrang.

»Wie viele Hunde halten Sie auf Ihrem Anwesen? Die machen ja einen Riesenlärm!«

»Die wollen nur spielen«, antwortete Hildtenbrand. »Ein paar Dutzend sind es schon. Aber kein Trost für den Verlust von Sebastian von Waterloo. Das ist einfach eine Tragödie!«

Ich versuchte, ihn etwas zu beruhigen. »Das ist doch nur ein Hund, oder? Davon gibt es schließlich mehr als genug.«

Meine Beruhigungstaktik fruchtete nicht. Der Hundezüchter starrte mich ungläubig an. »Sind Sie verrückt? Sebastian ist ein Rhodesian Ridgeback. Und nicht irgendeiner, er hat bereits mehrere bedeutende Preise gewonnen. Er ist unersetzlich.«

»Und dieses Ding, äh, dieser Hund wurde entführt? Hat man bei Ihnen eingebrochen?«

Hildtenbrand schüttelte schniefend den Kopf. »Ich war gestern Abend mit ihm Gassi. Sebastian von Waterloo vertraue ich nämlich keinem Angestellten an, ausschließlich ich selbst kümmere mich um das Prachtexemplar.«

»Wie ist er Ihnen abhandengekommen?«

»Einen knappen Kilometer von hier befindet sich ein Kinderspielplatz, da lasse ich ihn jeden Tag rennen. Ich habe also die Leine abgemacht und Sebastian ist wie immer sofort losgerannt.«

»Ist das nicht gefährlich für die spielenden Kinder?«

Der Züchter stürzte ein Glas Cognac auf ex hinunter. »Ach was, der will doch nur spielen. Außerdem kennen die Kinder mittlerweile die Uhrzeit, wann ich komme. Mein Guddiguddi hat schließlich auch das Recht, herumzutoben.« Er blickte trüb zu Boden. »Dann war er auf einmal verschwunden. Ich habe zuerst die ganzen Hecken abgesucht, dann die umliegende Gegend. Nirgendwo fand ich Sebastian. Als es dunkel wurde, musste ich die Suche abbrechen. Heute suchte ich erfolglos weiter. Und vorhin wurde dann das Paket zugestellt.« Er zeigte auf einen Glastisch.

Ich sah einen Schuhkarton, aus dem eine Hundeleine herauslugte. Einem beigelegten Zettel entnahm ich, dass das Biest nur gegen ein Lösegeld von 500.000 Euro zu seinem Eigentümer zurückfinden würde. Zahlbar bis morgen Abend.

»Das ist viel Geld für einen Hund«, sagte ich und überlegte, was ich mit einer so hohen Summe anfangen würde. »Ist das Sebastians Leine?«

Er stürzte erneut einen Cognac hinab. »Ja, hundertprozentig. Seltsam ist die Forderung schon, Herr Palzki, was aber Zufall sein muss: Die 500.000 Euro entsprechen genau der Versicherungssumme für meinen Guddiguddi.«

»So, so«, antwortete ich vieldeutig. »Wollen Sie zahlen?«

»Wie denn?«, schrie er aufbrausend. »Die Bank gibt mir keinen Kredit mehr. Ich habe mein Vermögen in diese Immobilie investiert und sie komplett für die Hundezucht beliehen.« Er schaute mich mit treudoofen Augen an. »Bei Entführungen muss doch bestimmt die Versicherung zahlen, Herr Palzki, was meinen Sie?«

»Ich bin da nicht vom Fach, Herr Hildtenbrand. Nur eines weiß ich: Bei Versicherungsbetrug zahlt niemand.«

»Betrug? Wie kommen Sie auf so etwas?«

Ich schaute ihn mitleidsvoll an. »Sie können vielleicht Hunde züchten, die nur spielen wollen, Ihre kriminellen Spielchen dagegen sind bereits früher alle aufgeflogen. Ich nehme Sie jetzt erst mal mit auf die Dienststelle. Mal schauen, was der Staatsanwalt zu Ihrer Geschichte sagt.«

8. Rätsel-Krimi

Frage: Was war Palzki aufgefallen?

Lösung: 8. Rätsel-Krimi

Bevor der Hund verschwand, hat der Besitzer die Hundeleine gelöst. Daher kann sie unmöglich im Paket des Entführers gewesen sein.

9. Rätsel-Krimi

EIN FAST GEWÖHNLICHER EINBRUCH

Es hätte so ein schöner Tag werden können.
Fahrräder reparieren gehörte zu meinen Lieblingsbeschäftigungen. Gut, das war jetzt ironisch gemeint. Nicht, dass es noch jemand glaubt. Vier Fahrräder in einer vierköpfigen Familie waren mindestens vier zu viel. Jedenfalls dann, wenn es keine selbstreparierenden Modelle waren. Und solche hatte noch niemand erfunden. Vielleicht sollte ich meinen Freund Jacques Bosco, den Erfinder, danach fragen?
Ehrlicherweise musste man von dem Palzki'schen zweirädrigen Fuhrpark ein älteres Modell abziehen. Bis vor einem Jahrzehnt – oder waren es schon zwei oder mehr? – hatte es mir gute Dienste geleistet. Inzwischen fristete es in der Garage seinen Lebensabend unter einer zentimeterdicken, natürlich entstandenen Schutzschicht. Wenn ich daran dachte, dass mein Vorgesetzter KPD sich vor Kurzem allen Ernstes damit befasst hatte, für die Mitarbeiter der Kriminalpolizei Dienstfahrräder anzuschaffen, läuft es mir eiskalt den Rücken hinunter. Nur mit dem Hinweis, die Bürger würden davon ausgehen, dass der Chef mit gutem Beispiel voranging, beziehungsweise voranfuhr, konnten wir die mörderische Apokalypse abwenden. Ich fand, dass es im Jahreslauf sowieso nur etwa drei bis fünf Tage gab, die zum Radfahren geeignet waren. An den restlichen Tagen war es entweder zu kalt, zu warm oder zu windig.

9. Rätsel-Krimi

Wie Kinder nun mal so sind, passierte es hin und wieder, dass ihre Räder, aus welchen Gründen auch immer, den vollflächigen Kontakt zum Boden suchten. Rahmen- und Pedalabbrüche kamen da eher selten vor, aber eines passierte jedes Mal: Die Beleuchtung funktionierte nicht mehr.

Was das Wissen bezüglich der Elektrik eines Fahrrades anging, war ich bestimmt kein Laie. Ich kannte die Funktionsweise eines Dynamos und wusste, dass bei einer Eindrahtverkabelung die Masse über den Rahmen des Rades geführt wurde. Sogar die modernen Nabendynamos und die sicherere Zweidrahtverkabelung waren mir nicht fremd. Es wurde einfach alles parallel angeklemmt.

Aber als ich gestern im Fahrradfachgeschäft eine neue Vorderlampe für Melanies Rad gekauft und nach einem Schaltplan verlangt habe, glotzte mich die Verkäuferin nur scheel an. Ich deutete auf die Lampe, aus der zwei längere Drähte herausschauten, und die zusätzlichen drei Klemmen, die selbstverständlich unbeschriftet waren.

»Das erklärt sich von selbst«, antwortete sie und war wahrscheinlich froh, dass ich mich damit zufriedengegeben hatte.

Jetzt handelte es sich um keine gewöhnliche Vorderlampe. Es war eher eine Deluxe-Version mit integriertem Schalter und einem kleinen Akku, um die Lichtquelle auch bei einem Ampelhalt nicht versiegen zu lassen. Hier nutzte mir selbst das Widerstandsmessgerät, das ich mir von meinem Nachbarn Herrn Ackermann ausgeliehen hatte, nichts. Und ohne Schaltplan und Beschriftung blieb mir nichts anderes übrig, als alle geschätzten 13.467 Mög-

9. Rätsel-Krimi

lichkeiten durchzuprobieren. Letztendlich waren jegliche Versuche zum Scheitern verurteilt gewesen, da in der neuen Lampe bereits das Glühlämpchen durchgebrannt war, wie ein befreundeter Elektriker feststellte, den ich – kurz vor dem Suizid stehend – zurate gezogen hatte. Nachdem ich mich wieder beruhigt hatte, schrieb ich einen wüsten Brief an die Handwerkskammer mit der Aufforderung, den Ausbildungsberuf eines Fahrradelektronikers neu aufzunehmen.

Tage später saß ich mit meinen Kollegen Gerhard Steinbeißer und Jutta Wagner zusammen und erzählte stolz von den gelungenen Reparaturen der Räder meiner Kinder und dass ich die hochmoderne Elektronik, die heutzutage selbst in Standardrädern steckte, bändigen konnte. Gerhard und Jutta nickten wissend, hatten aber in Wirklichkeit nur Interesse an der großen Wanduhr, die sich zielstrebig auf den fast erreichten Feierabend zubewegte.

Die Tür ging auf und ein Kollege schaute rein. »Einbruch in Ludwigshafen-Friesenheim. Einer von euch muss raus.«

»Oh, das ist jetzt aber sehr schlecht«, erwiderte Jutta sofort. »Ich habe in einer halben Stunde einen Zahnarzttermin. Könnt ihr beide das übernehmen?«

Bevor ich zur Gegenwehr ansetzen konnte, zog Gerhard seinen Joker: »Sorry, Reiner, bitte übernimm du die Sache. Ich habe Karten für das Congressforum in Frankenthal. Claudia freut sich schon so lange auf den Abend. Wenn ich den platzen lasse, ist es aus.«

»Schöne Kollegen«, murmelte ich und nahm dem Über-

9. Rätsel-Krimi

bringer der schlechten Nachricht den Notizzettel ab, auf dem erste Informationen standen. Widerwillig machte ich mich auf den Weg.

Justus Scheermann, eine hiesige und recht bekannte Unternehmerpersönlichkeit, hatte vor einer guten Stunde per Notruf die Schutzpolizei gerufen. Er besaß in Friesenheim eine opulente Villa. Wenn man den Wert des Anwesens mit den eigenen Kontoauszügen verglich, musste man zugegebenermaßen neidisch werden. Fred Bauer, der im Vorgarten stand und als Spurensicherer tätig war, kannte ich bereits recht lange.

»Servus, Reiner«, begrüßte er mich, »darfst du heute auch Überstunden schieben?«

»Was will man machen, wenn man noch nicht alt genug für den Vorruhestand ist. Sag mal, gibt's bereits Tatverdächtige?«

Bauer schüttelte den Kopf. »Die Schutzpolizei war zwar vier Minuten nach dem Notruf an Ort und Stelle, doch hatte diese genau wie die sofort eingeleitete Nahbereichsfahndung keinen Erfolg.«

»Gab's Verletzte?«

Fred Bauer nahm den Koffer in die Hand, der neben ihm auf dem Boden gestanden hatte, und meinte: »Komm mit mir in die bescheidene Hütte, dann erkläre ich dir alles.«

Kurze Zeit später betraten wir ein repräsentatives Wohnzimmer, das vom Grundriss her die Größe meiner Wohnung hatte. Justus Scheermann, den ich aus der Zeitung kannte, saß zittrig in einem Ledersessel. Nachdem Fred uns vorgestellt hatte, bat ich Justus Scheermann, mir den Vorfall genau zu schildern.

9. Rätsel-Krimi

»Viel kann ich Ihnen nicht sagen, Herr Palzki. Ich habe geschlafen, da ich heute Nacht in Urlaub fahren will. Ich hoffe, mir so die Staus auf den Autobahnen zu ersparen. Durch splitterndes Glas wurde ich wach, allerdings brauchte ich fast eine Minute, bis ich richtig bei mir war. Als ich dann verschlafen ins Wohnzimmer torkelte und die Misere sah«, er zeigte auf die zersplitterte Terrassentür neben einem Panoramafenster, »habe ich sofort die Polizei angerufen. Denn ich wollte mich ja nicht selbst in Gefahr bringen. Gesehen habe ich jedoch niemanden.«

Ich ging zusammen mit Fred Bauer durch die offen stehende Terrassentür.

»Pass auf, Reiner, auf der Terrasse liegt alles voller Scherben, nicht dass du dich verletzt und ich deinen speziellen Freund Dr. Metzger rufen muss.« Auf Zehenspitzen gingen wir durch den Scherbenhaufen und blickten uns im Garten um.

»Durch die Büsche muss der Einbrecher verschwunden sein«, meinte Scheermann und zeigte auf hohes Gestrüpp und dichte Hecken. »Der Täter muss zuerst die Scheibe der Terrassentür eingeschlagen und die Tür geöffnet haben. Dann hat er sich im Schrank meine wertvolle Münzsammlung geschnappt und muss durch die Tür wieder verschwunden sein. Woher der Täter wusste, wo sich meine Münzen befanden, und wie er wissen konnte, dass ich schlief, das ist mir ein Rätsel.«

»Vielleicht wusste er Letzteres gar nicht«, entgegnete ich. »Da er kein Licht im Haus sah, vermutete er, dass niemand zu Hause war. Übrigens, wo ist denn Ihre Frau?«

»Meine Frau?«, Scheermann stutzte. »Die ist schon vor

Lösung: 9. Rätsel-Krimi

drei Tagen mit unseren Kindern vorgefahren, weil ich noch bis heute Mittag arbeiten musste.«

»Tut mir leid, Herr Scheermann, aber so schnell können Sie Ihrer Familie nicht nachfahren, bei Ihrer Geschichte ist nämlich etwas oberfaul!«

Frage: Welchen Fehler beging Scheermann?

Die Scherben der Glastür lagen auf der Terrasse statt im Wohnzimmer. Die Scheibe muss folglich von Innen eingeschlagen worden sein.

10. Rätsel-Krimi

DR. METZGER UND DIE FALSCHE FEUERTEUFELIN

Des Lewe geht weiter. Meistens.

Ich wusste es schon immer: Die Menschheit ist voller Irrtümer. Gerade ich als Universalarzt sämtlicher Fachrichtungen kann davon ein Lied singen. Täglich werde ich mit Halbwissen, Viertelwissen, bis hin zum Nullwissen vieler Lehrer konfrontiert. ›Herr Doktor Metzger, meine Mandeln sind entzündet, ich habe bestimmt eine Angina!‹, oder: ›Herr Doktor, ich hab's im Internet gelesen: Meine Symptome bedeuten ganz sicher Krebs!‹

Meistens gelingt es mir, die Kunden zunächst mit einem kleinen Medikamentenmix zu beruhigen und die Formalitäten abzuwickeln. Keine OP ohne OP-Rabattkarte; dies habe ich zu meinem ehernen Geschäftsprinzip erkoren. Immerhin ist meine Metzger-OP-Rabattkarte als einzige in Europa vererbbar. Aus meiner Sicht also nicht nur ein Instrument zur Kundenbindung, sondern sogar zur Bindung von Generationen. Mit einem modernen ganzheitlichen Ansatz bin ich stets bemüht, meine Kunden von ihrer Pein zu erlösen. Um bei dem Beispiel Mandeln zu bleiben: Es nützt nichts, die vereiterten und stinkenden Säcke mit dem Seitenschneider abzuzwicken, denn die Ursache liegt immer irgendwo anders im Körper. Man muss nur lange genug wühlen, äh, suchen, dann findet man als Mediziner etwas, was nicht in Ordnung ist. Nur bei Lehrern ist das etwas anders. Doch das ist ein anderes Thema.

10. Rätsel-Krimi

Mittels statistischer Erhebung und jahrelanger Erfahrung habe ich meine Kombi-OPs entwickelt. Das Produkt ›MHB‹ zum Beispiel bedeutet Mandel-Hämorrhoiden-Blinddarm-Kombi. Und der Hammer ist: Sagenhafte 30 Prozent Rabatt auf die Summe der Einzel-OPs. Wenn das mal kein Schnäppchen ist! Oder mein Spezialangebot des Monats: ›PNM‹. Auf die kombinierte Polypen-Nierenstein-Meniskusoperation gibt es zwar nur 20 Prozent Rabatt im Überlebensfall, dafür ist eine dauerhafte kostenlose Nasenhaarentfernung inbegriffen. Für Männer ab 40 ein gern mitgenommenes Bonbon. Bei meinen besonders langjährigen Kunden kümmere ich mich auch um die Ohrenhaare. Obwohl dabei öfters kleine Nebenwirkungen auftreten wie dauerhaftes Taubheitsgefühl. Aber ein bisschen Verlust ist immer, wie jeder Arzt bereits während des Studiums lernt.

Übrigens, in meiner knapp bemessenen Freizeit habe ich begonnen, ein Heilkundestandardwerk zu schreiben. Damit spanne ich einen streng wissenschaftlichen Bogen von der Antike zu Dr. Matthias Metzger, also zu mir selbst. Bei aller Bescheidenheit dürfte ich als die Koryphäe der Gegenwartsmedizin gelten.

In meinem Standardwerk werden Sie alles finden: Von A wie Alternativmedizin nach Dr. Metzger bis V wie Verhütungsmittel. Das bekannteste, wenn auch wenig erfolgreiche Pfälzer Verhütungsmittel ist übrigens nach wie vor ›Uffbasse!‹.

Wissen Sie eigentlich, dass der Eid des Hippokrates durch einen blöden Übertragungsfehler zustande gekommen ist? Ursprünglich ging es nämlich um das Ei des

10. Rätsel-Krimi

Hippo Krates, also eine rein tiermedizinische Geschichte, um die Fortpflanzungsschwierigkeiten eines Pferdes mit dem Namen Krates.

Ja, ja, mit den Kunden hat man es nicht immer leicht. Das gilt natürlich nicht für Lehrer, da ist alles etwas anders. Das kann Ihnen übrigens jeder andere Arzt bestätigen.

Wenn der Kundenandrang in meinem Reisemobil nachlässt und keine dringenden OPs anstehen, fahre ich für gewöhnlich mit meiner Reiseklinik durch die Vorderpfalz. Es ist eine schöne Gegend, vor allem schön flach. Ab und zu kann ich einem Wanderer spontan eine Meniskus-OP-to-go verordnen. Auch die A 61 zwischen Speyer und Frankenthal bietet öfter mal die Möglichkeit, mein medizinisches Können einzubringen. Beim Knochenrichten darf man nicht wehleidig sein. Und dann gibt es in Schifferstadt noch eine ganz seltsame Polizeibehörde. Ich weiß jetzt nicht, ob Ihnen der Name etwas sagt, aber dieser Reiner Palzki, der dort arbeitet, ist ein besonders schräges Exemplar. Kriminalhauptkommissar schimpft er sich, wahrscheinlich hat er die Berufsbezeichnung bei der Weihnachtstombola des Hausfrauenvereins gewonnen.

Ständig mäkelt er an meiner Arbeitsweise herum. Soll er doch mal selbst in den Spiegel schauen. Ich meine das aber nicht wortwörtlich – der arme Spiegel kann ja nichts dafür –, sondern sinnbildlich. Seine Ermittlungen sind immer eine verworrene Mischung aus Chaos, Zufallsfunden und viel Glück. Ohne sein intelligentes Umfeld würde der nicht einmal einen Mörder erkennen, wenn er direkt vor ihm steht. Was würde er ohne seinen Vorgesetzten Klaus Diefenbach machen? Oder ohne den hilfreichen

10. Rätsel-Krimi

Studenten Becker, der mich in seinen Romanen jedes Mal so treffend skizziert? Klar, ohne mich funktioniert das auch nicht. Ich habe eben ein Auge für das Besondere und kann dadurch der Polizei regelmäßig wertvolle Hinweise geben.

Ein kleines Beispiel gefällig? Erst vorgestern konnte ich eine harmlose und unschuldige Person aus den Fängen Palzkis befreien. Ich möchte nicht wissen, wie viele Bürger wegen Palzki unschuldig hinter Gittern sitzen.

Ich war gerade mal wieder auf einer meiner Gesundheitstouren, als mich in der Nähe von Dudenhofen per Funk die Mitteilung erreichte, dass kurz vor Geinsheim dringend notärztliche Hilfe erwartet wurde. Jetzt könnte natürlich ein aufmerksamer Bürger beim Lesen der Geschichte anmerken, dass ich überhaupt kein zugelassener Notarzt sei und diese Sache außerhalb meiner Befugnisse lag. Ja, gut, damit hätte der Leser im Prinzip recht. Es gab da allerdings eine streng geheime Sondervereinbarung, auf die ich nicht näher eingehen möchte. Ich hoffe auf Ihr Verständnis.

Bereits aus weiter Entfernung sah ich eine ganze Armada an Feuerwehrfahrzeugen, die um eine alte Scheune herum platziert waren. Um meine Anwesenheit bekannt zu geben, schaltete ich kurz das Sondersignal an, das sich an den Wänden der Scheune mörderisch verstärkte. Lachend stieg ich aus und besah mir die Misere. Das Gebäude hat im Bereich des großen Eingangstores gebrannt, doch der Feuerwehr war es anscheinend gelungen, es frühzeitig zu löschen und das Gebäude weitgehend zu erhalten.

»Na, wie viele Tote gibt's zu identifizieren?«, schrie

ich über den Hof, was einige Feuerwehrleute, die gerade Schläuche aufrollten, zusammenzucken ließ.

»Wieso Tote?«, fragte mich einer, der wohl etwas zu sagen hatte.

»Sonst hätte man mich nicht alarmiert. Für Fußpilz und Erkältungssachen muss man zu mir kommen und nicht umgekehrt.«

»Ich weiß von nichts«, antwortete mein Gegenüber. »Ich weiß nur von der Frau, die sich den Fuß verstaucht hat.«

Ich rollte mit den Augen, während er weitersprach.

»Die ist da vorne im Polizeitransporter bei Kommissar Palzki.«

Au Backe, dachte ich. Hat mich der Palzki tatsächlich wegen einer Lappalie rufen lassen. Ich ließ meinen Arztkoffer im Wagen und marschierte zum Polizeitransporter.

»Na, wo tut's denn weh, meine Dame?«, sagte ich zur allgemeinen Begrüßung. Palzki starrte mich an, genauso wie die etwa 30-Jährige mit ihrem aufgedackelten Make-up. Vielleicht glotzten die beiden mich auch wegen meiner Banane an, die ich gerade schmatzend aß.

»Sie stören die Vernehmung, Herr Dr. Metzger. Aber wenn Sie schon einmal da sind, können Sie sich gleich den Knöchel von Frau Wildkens ansehen.«

Um mir die Arbeit etwas leichter zu machen, hob ich ihr Bein an und legte es auf den Tisch. Dort befanden sich bereits ihre Handtasche, ihr Handy, ihre Brille sowie ein Paar extrem hohe Stöckelschuhe. Frau Wildkens stöhnte nur einmal kurz auf. Grund dazu hatte sie, der Knöchel war recht geschwollen.

10. Rätsel-Krimi

Während meiner Untersuchung redete Palzki weiter auf die Dame ein.

»Frau Wildkens, Sie wissen, dass wir Sie verdächtigen, den Brand gelegt zu haben. Wenn nicht zufällig die Feuerwehr in der Nähe gewesen wäre, wäre die ganze Scheune abgebrannt.«

»Ich war's aber nicht, wie oft soll ich das noch sagen. Jemand hat mich hierher gelockt. Als ich in der Scheune war, wurde die Tür von außen geschlossen und im gleichen Moment sah ich auch schon das Feuer.«

»Seltsam, wir haben keine frischen Schuhspuren außer denen von Ihnen gefunden. Außerdem wurde Ihre Brille direkt neben dem Brandherd gefunden. So wie es aussieht, haben Sie das trockene Stroh mit Ihrer Brille angesteckt, Frau Wildkens. Dann sind Sie gestolpert und konnten wegen Ihres verletzten Fußes nicht mehr flüchten.«

»Aber das ist doch Humbug«, schrie die Verdächtige. »Die Verletzung zog ich mir zu, als ich das Tor aufdrückte. Da hat es längst gebrannt. Und dabei habe ich meine Schuhe und die Brille verloren. Ich konnte mich noch aus dem Gefahrenbereich schleppen. Dann wollte ich mit meinem Handy die Feuerwehr rufen. Aber mein Fuß tat so fürchterlich weh und außerdem war ich so aufgeregt, dass ich nicht mal telefonieren konnte. Und dann kam auch schon die Feuerwehr.«

»Das glaubt Ihnen kein Mensch«, antwortete Palzki und zeigte nach draußen. »Schauen Sie sich die Scheune an, warum wollten Sie sie niederbrennen?«

Frau Wildkens schnappte sich die Brille vom Tisch, setzte sie auf und sah ebenfalls nach draußen. »Ich war heute das erste Mal hier, ich kenne nicht einmal den Besitzer. Herr Palzki, man hat mich hierher gelockt, um mich zu töten.«

Jetzt wurde es Zeit für mich, einzugreifen. »Herr Palzki, machen Sie sich nicht schon wieder lächerlich. Glauben Sie der Frau, Sie ist bestimmt nicht der Brandstifter.«

Frage: Woher wusste ich, dass Frau Wildkens unschuldig war?

Lösung: 10. Rätsel-Krimi

Wildkens ist kurzsichtig. Eine Brille für Kurzsichtige kann man nicht als Brennglas verwenden.

11. Rätsel-Krimi

AUF EINEN BLICK ENTLARVT

Es hätte so ein schöner Tag werden können.

Was für ein Stress! Zuerst eine ewig lange Lagebesprechung bei KPD, bei der uns unser Chef seine neueste Statistik vorstellte: 80 Prozent aller Bürger hätten seiner Meinung nach eine Leiche im Keller, die man im Entdeckungsfall mindestens mit einer Bewährungsstrafe ahnden würde. Die restlichen Bürger hätten zwei oder mehr Leichen im Keller.

Der Lagebesprechung entkommen folgte der jährliche Probealarm. Warum musste dieser jedes Mal im Hochsommer bei gefühlten 45 Grad im Schatten stattfinden? Warum mussten dazu alle Beamten die kühlen Büroräume verlassen und sich am Sammelpunkt, einem schattenlosen Supermarktparkplatz einfinden? Und warum funktionierte jedes Jahr die Alarmschaltung zur Feuerwehr nicht, sodass wir mehr als eine Stunde in brütender Hitze stehen mussten, während woanders Banken überfallen und Menschen ermordet wurden?

Auf dem Weg zum Sammelplatz drückte mir mein Kollege Gerhard Steinbeißer ein dünnes Heft in die Hand.

»Was ist das?«, fragte ich neugierig und las den Titel. ›Polizei intern – Das Hausblatt der Schifferstadter Polizei‹ stand groß auf dem Deckblatt.

»Sag bloß, du kennst das nicht, Reiner? Das hat unser lieber Chef eingeführt, dies ist die 48. Ausgabe.«

48 Ausgaben? Ich rechnete nach. KPD war letzten

11. Rätsel-Krimi

Oktober Leiter der Schifferstadter Kriminalpolizei geworden. Ich kam auf rund eine Ausgabe pro Woche. Ich zuckte mit den Schultern. »Das sehe ich zum ersten Mal. Wie kommt man an das Ding dran? Hab ich bisher was Wichtiges verpasst?«

»Wie man's nimmt. Die aktuelle Ausgabe solltest du dir aber durchlesen.«

Ich schlug das Heftchen auf und starrte auf eine Ganzkörperaufnahme von mir. Sie war total unvorteilhaft von ziemlich weit unten aufgenommen und betonte meine Taille viel zu stark. Der Untertitel verpasste mir einen Schock: ›Unsere Beamten werden immer fetter‹.

Während Gerhard losprustete, las ich den Artikel, den natürlich KPD geschrieben hatte. Seiner Meinung nach würden seine Untergebenen laufend an Bauchumfang zulegen, was bei der Verbrechensbekämpfung hinderlich sei. Keine Ahnung, was er damit meinte. Den Befürchtungen, seine Statistik der Aufklärung und die Gesundheit der Beamten zu gefährden, wolle er zukünftig entgegnen und mit behördeninternen Sportstunden flankieren. Da er selbst für die zukünftigen wöchentlichen Pflichttrainingseinheiten keine Zeit hatte, schlug er vor, Herrn Kriminalhauptkommissar Reiner Palzki auf eine Fortbildung des Deutschen Turnerbunds zu schicken, damit ihm das Rüstzeug eines Trainers vermittelt würde.

Was war das? Ein Aprilscherz im Hochsommer? Warum hatte er im Vorfeld nicht mit mir darüber gesprochen? War das ein übler Mobbingversuch meines Vorgesetzten? Schlagartig wusste ich nun, warum in den letzten beiden Tagen so viele Kollegen gelacht hatten, als sie mich sahen.

11. Rätsel-Krimi

»Spinnt der jetzt komplett?«, sagte ich zu Gerhard.

»Wieso?«, antwortete er trocken. »Der spinnt doch immer komplett.«

»Das ist vielleicht eine Sauerei. Ich mach euch doch nicht den Hampelmann. Und überhaupt, das Bild ist eine Fotomontage.«

Mein Kollege sah langsam an mir herab und schmunzelte. »Deine Berufungsurkunde hängt seit gestern am Schwarzen Brett. Hast du das echt noch nicht gesehen?«

»Ich habe Wichtigeres zu tun, als Aushänge an Schwarzen Brettern zu lesen oder Polizei intern. Auch wenn es schon 48 Ausgaben gibt.«

Zunächst beschloss ich, die Angelegenheit auf sich beruhen zu lassen. Jedenfalls bis mir etwas besonders Fieses für KPD eingefallen war.

Kaum waren wir nach eineinhalb Stunden Freiluftsauna zurück in der Dienststelle, kam ein Kollege auf mich zu, der zuerst lachte, dann auf meinen Bauch starrte und schließlich sagte: »Du, Reiner, während unseres Probealarms wurde die Sparkasse überfallen. Nach den Videoaufzeichnungen zu urteilen, steckt Schorschel dahinter. Das ist doch dein Typ, oder? Willst du den Fall übernehmen?«

Georg Kleinmann, daher sein Spitzname Schorschel, war, nomen est omen, ein Kleinkrimineller. Wie es der Zufall wollte, gelang es meist mir, ihn zu überführen. Die Vielfältigkeit seiner Taten, die ein eindrucksvolles Portfolio von einfachem Taschendiebstahl über Versicherungsbetrug mit Luxuskarossen bis hin zu Tankstellenüberfällen darbo-

11. Rätsel-Krimi

ten, war Legion. Gab es bei uns mal einen ungelösten Fall, hieß es sofort: ›Das war bestimmt der Schorschel.‹

Der inzwischen 40-Jährige hatte rund 20 Jahre hinter schwedischen Gardinen verbracht. Im vorletzten Jahr hatte er von einem humorvollen Gefängnisdirektor persönlich die Goldene Knastnadel überreicht bekommen.

»Du, Peter, kümmere dich selbst um den Schorschi«, antwortete ich. »Ich habe im Moment so viele andere Sachen um die Ohren. Tut mir leid.«

Im gleichen Moment spürte ich einen harten Prankenschlag auf meiner Schulter. »Da sind Sie ja endlich, Herr Palzki«, meinte KPD und tätschelte mit seiner anderen Hand meinen Bauch, so, als wäre ich schwanger. »Wenn Sie ein paar Minuten Zeit haben, könnten wir in meinem Büro die Sache mit Ihrem Trainerschein besprechen. Dann zeige ich Ihnen gleich einige interessante Übungen, die Sie unbedingt an Ihre Kollegen weitergeben sollten.«

Um schnelle Reaktionen nie verlegen, schrie ich durch den Flur: »Peter, warte, den Schorschel schnapp ich mir.« Und zu meinem Vorgesetzten Klaus Diefenbach sagte ich: »Entschuldigen Sie bitte, wir haben gerade eine eilige Ermittlungssache. Gefahr in Verzug, Sie wissen, was ich meine.« Ich rannte meinem Kollegen Peter nach, der sich verwundert nach mir umgedreht hatte. »Wo hält er sich denn auf?«

»Aha, willst du dich doch um den Schorschel kümmern? Ich habe keine Ahnung, wo er im Moment steckt. Du findest ihn doch immer zufällig irgendwo. Vielleicht fängst du bei ihm zu Hause an?«

Die Idee war an und für sich nicht schlecht. Kein KPD,

keine lästernden Kollegen, ein paar Stunden Außendienst wären ganz gut.

Ich sagte meinen Kollegen Gerhard und Jutta Bescheid und fuhr los. Georg Kleinmann wohnte in einem Siedlerhäuschen in Altrip. Da das Haus keine Garage hatte und der Stellplatz leer war, vermutete ich zunächst, dass er nicht zu Hause war. Ich überlegte, ob Schorschel aktuell überhaupt einen Führerschein besaß. Das hätte ich vorhin auf der Dienststelle überprüfen können, doch dazu war es jetzt zu spät. Ich stieg aus und klingelte. Auch eine mehrfache Wiederholung zeigte keinen Erfolg. Zur Sicherheit ging ich um das Siedlerhäuschen herum und inspizierte den verwahrlosesten Garten, den ich je gesehen hatte. Die Rollläden waren heruntergelassen, wahrscheinlich um eine starke Sonneneinstrahlung zu verhindern. Ich ging zurück zu meinem Wagen und war gerade im Begriff, wieder einzusteigen, als hinter mir ein Auto mit quietschenden Bremsen hielt und Schorschel fröhlich lächelnd ausstieg.

»Hallo, Herr Palzki«, begrüßte er mich. »Habe ich doch richtig gesehen. Wollen Sie mich besuchen? Da haben Sie aber großes Glück. Ich komme gerade aus München zurück und habe vier Stunden fast ununterbrochen am Steuer gesessen. Meine letzte Pause habe ich vor einer Stunde bei Stuttgart eingelegt.«

»Sie waren heute Morgen in München?«, fragte ich ungläubig. »Ich dachte, Sie haben in Otterstadt die Sparkasse überfallen.«

Mein Gegenüber lachte schallend. »Aber Herr Palzki, ich bitte Sie. Habe ich Ihnen bei der letzten Verurteilung nicht gesagt, dass ich ab sofort gesetzestreu leben

11. Rätsel-Krimi

und mich um einen anständigen Beruf bemühen will? Ich mache keine krummen Dinger mehr, ehrlich, Herr Kommissar.«

Ich warf einen Blick ins Innere seines Wagens. Essens- und Getränkereste lagen auf dem Beifahrersitz verstreut herum. Bereitwillig öffnete Schorschel sogar den Kofferraum, doch auch dort fand ich nicht die erhoffte Beute aus dem Banküberfall.

»Sind Sie jetzt zufrieden, Herr Palzki? Ich war auf der Autobahn. Wenn die Bank in den letzten Stunden überfallen wurde, kann ich keinesfalls der Täter sein. Ich heiße schließlich nicht David Copperfield.«

»Das nicht«, antwortete ich. »Dennoch haben Sie mich angelogen, Schorschel. Keine Angst, die Beute werde ich auch noch finden.«

Frage: Welche Lüge meinte Palzki?

11. Rätsel-Krimi

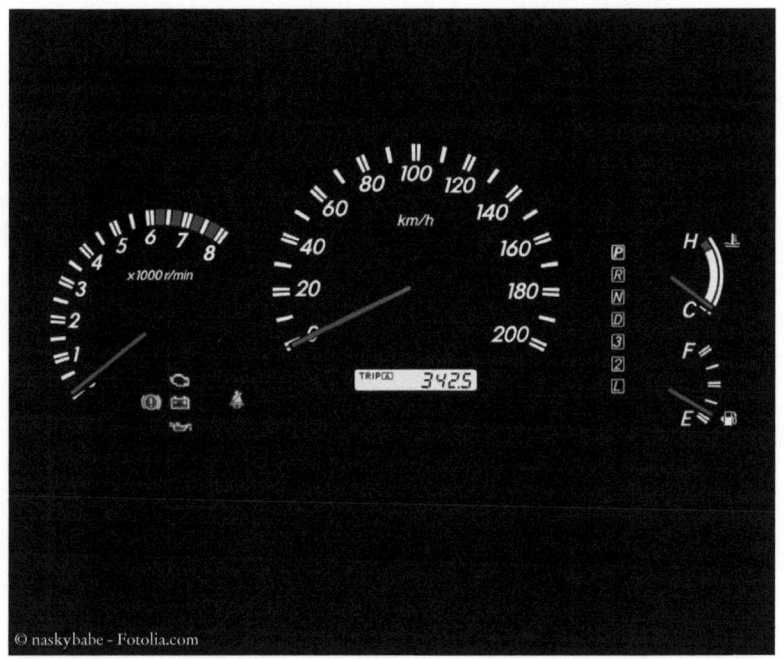

Lösung: 11. Rätsel-Krimi

Schorschel ist mit seinem Wagen angeblich direkt aus München gekommen. Dennoch zeigte die Temperaturanzeige des Kühlwassers nur eine mäßige Erwärmung des Wassers an. Schorschel konnte nur eine kurze Strecke gefahren sein.

12. Rätsel-Krimi

PALZKI UND DIE RÄUBERPISTOLE

Es hätte so ein schöner Tag werden können.
Ich fühlte mich wohl. Der heiße Sommer war endlich Vergangenheit und seit mehr als drei Stunden war ich sodbrennenfrei. Nicht, dass es da einen Zusammenhang gäbe, aber das Brennen der Speiseröhre war mir genauso unangenehm wie das Brennen der Sonnenstrahlen auf meinem Kopf. Die Anzahl der gemeldeten Verbrechen im Rhein-Pfalz-Kreis hielt sich seit Wochen in zumutbaren Grenzen. Hier und da mal eine Leiche, teils zerstückelt, teils äußerlich unversehrt, deren Schicksal aber jedes Mal ohne Probleme in kürzester Zeit aufgeklärt werden konnte. Auch wenn die vielen Regionalkrimis, die in den letzten Jahren wie Pilze aus dem Boden schossen, etwas anderes suggerierten, wurden die meisten Morde spontan verübt und die Täter stammten aus dem persönlichen Umfeld des gewaltsam aus dem Leben Gerissenen. In den letzten beiden Wochen bin ich während meiner Dienstzeit glücklicherweise nur einmal in eine heikle und dummerweise auch etwas peinliche Situation geraten. Es war am Mittwochnachmittag, als ich den Schlüssel zu meinem Dienstwagen nicht mehr fand. Den Feierabend vor Augen durchsuchte ich immer nervöser werdend meine Kleidung, meinen Schreibtisch und die an diesem Tag zurückgelegten Wege im Dienstgebäude. Nachdem ich in meiner Panik mehrere Kollegen aufgescheucht hatte, musste ausgerechnet Jutta Wagner den

12. Rätsel-Krimi

Schlüssel in meinem Büro in einem leeren Pizzakarton finden, der im Abfalleimer steckte.

So gingen die mordfreien Tage ins Land und unser Vorgesetzter KPD sprach bereits von Rationalisierungsmaßnahmen und Arbeitsplatzabbau. Unser Vorschlag, die Zeit für Fortbildungsmaßnahmen zu nutzen, wurde abgelehnt. Schließlich könnten wir bei besonders heiklen Ermittlungssachen jederzeit ihn konsultieren und von seiner Erfahrung und seinem Wissen profitieren.

Wer moralisch nicht ganz so gefestigt wie wir war, könnte in dieser fast aussichtslosen Lage aus Gründen der Arbeitsplatzsicherung womöglich gewisse Taten selbst begehen. Bei den Kollegen von der Feuerwehr hörte man ja bisweilen von umtriebigen Feuerteufeln, die Brände legten und stets an vorderster Front bei der Brandbekämpfung mithalfen. Aber jemanden ermorden, nur um Arbeit zu haben und seinen Job zu erhalten? Nein, nein, so weit waren wir noch lange nicht. Glücklicherweise gab es ab und an kleinere Einsätze.

An diesem Tag war ich beispielsweise mit meinem Kollegen Gerhard Steinbeißer in Limburgerhof unterwegs, um eine wichtige Zeugenbefragung durchzuführen. Limburgerhof galt im Rhein-Pfalz-Kreis, vermutlich auch in der restlichen Welt, als Kreiselgemeinde höchster Ausbaustufe. Insbesondere im Nordosten der Gemeinde gab es kaum ein Fleckchen Erde, das nicht mit einem Verkehrskreisel in unterschiedlichster Größe zugebaut worden war. Wer das Geld für teure Achterbahnfahrten auf der Kirmes sparen wollte, konnte mit einer Orts-

12. Rätsel-Krimi

durchfahrt durch Limburgerhof ähnliche Effekte erzielen. Meine Kollegen und ich vermuteten schon länger, dass der Gemeinderat in den Bau der vielen Kreisel üppig vorhandenes Schwarzgeld investiert haben musste. Offiziell durften wir so etwas natürlich nicht behaupten. Andererseits, wenn die Kreisel mit offiziellem Bürger- beziehungsweise Steuergeld gebaut worden waren, wäre das genauso schlimm zu beurteilen.

In der Speyerer Straße, die sich vor 40 Jahren als Teil der B 9 durch den Ort geschlängelt hatte, parkten wir in Sichtweite der Wohnung unseres Zeugen vor einer Bäckerei. Der muskelbepackte junge Mann mit abgewetzter Lederjacke, der an der Beifahrerseite des Wagens vor uns, einem Audi A4, lehnte, fiel uns zunächst nicht weiter auf. Doch wir waren kaum ausgestiegen, da überschlugen sich die Ereignisse. Eine maskierte Gestalt rannte mit einer Pistole in der einen Hand und einer Stofftasche in der anderen aus der Bäckerei. Gerhard, der im Gegensatz zu mir im Dienst immer bewaffnet war, zog seine Pistole und forderte den mutmaßlichen Räuber lautstark auf, sich zu ergeben, die Waffe fallen zu lassen und die Hände zu heben. Glücklicherweise gehorchte dieser aufs Wort, mit solch einer Situation hatte der Maskierte wohl nicht gerechnet. Während ich seine Waffe, die ich als Schreckschusspistole erkannte, sicherstellte, zog ihm Gerhard die Maske vom Kopf. Ein rothaariger Heranwachsender, dessen Angst man deutlich spürte, blickte uns verstört an. Nachdem die Lage klar war und keine Eskalation drohte, steckte mein Kollege die Pistole wieder ein. Noch bevor wir den Täter vorläufig festnehmen konn-

12. Rätsel-Krimi

ten, kam der Lederjackenträger in einer bemüht lockeren Gangart auf uns zu.

»Servus, Kollegen«, sprach uns der unbekannte Mann an. »Danke, dass ihr mir die Arbeit abgenommen habt.«

Verdutzt starrten wir ihn an. Hatten wir ihn richtig verstanden? »Wieso Kollegen? Wer sind Sie? Ich glaube nicht, dass wir Sie schon einmal gesehen haben.«

Er lachte. »Wo auch? Mein Name ist Hans-Jürgen Müller, ich bin Zivilfahnder vom LKA Mainz, Dezernat 53 ›Verdeckte Ermittlungen‹.«

»Und was haben Sie hier in Limburgerhof zu tun?«, fragte ich ihn, da mir das alles ziemlich mysteriös vorkam.

»Wir haben diesen Rotfuchs schon eine Weile in Verdacht, für die Überfallserie auf Einzelhandelsgeschäfte in der Metropolregion verantwortlich zu sein. Heute war ich mit dem Beschatten an der Reihe. Ich konnte ja nicht wissen, dass ich ihn gleich auf frischer Tat ertappe.« Er zog Handschellen aus seiner Jacke und legte diese dem Täter an. »Sie können alles andere mir überlassen, ich verhafte ihn jetzt und bringe ihn gleich nach Frankenthal in die Untersuchungshaft. Ihre Zeugenaussagen können Sie direkt ans LKA in mein Dezernat senden.« Er schickte sich an, den rothaarigen Täter zu seinem geparkten A4 zu führen.

»Langsam, Herr Müller«, sprach ich ihn an. »Falls Sie überhaupt Müller heißen. Doch eines weiß ich ganz sicher: Dass Sie nie und nimmer ein Kollege sind.«

12. Rätsel-Krimi

Frage: Woran erkannte Palzki, dass es sich um keinen Polizeibeamten handelte?

Lösung: 12. Rätsel-Krimi

Hans-Jürgen Müller sagte, dass er den Täter »verhaftet«. Dies kann aber nur ein Richter. Das sollte ein Polizeibeamter wissen.

13. Rätsel-Krimi

TOD IM GARTEN

Es hätte so ein schöner Tag werden können.

Das nasskalte Wetter war seit Tagen das vorherrschende Thema jeglichen Small Talks in unserer Region. Ungewöhnlich war dies nicht, im November war das der bittere Wetterstandard. Wer hier kein Rheuma bekam, dem war nicht mehr zu helfen. Nun war wieder die Zeit der dicken Jacken und Mäntel angebrochen, die mein nahezu als sportlich zu bezeichnendes Profil so unvorteilhaft erscheinen ließen. Meine Frau Stefanie war, was meinen Bauchumfang anging, zwar anderer Meinung, doch als Mann sollte man sich nicht jede Einzelmeinung zu Herzen nehmen. Solange ich meine Schuhe noch allein anziehen konnte, war alles im grünen Bereich. Außerdem hatte ich erst vor wenigen Tagen beschlossen, ernsthaft über eine Diät nachzudenken. Ich ging sogar eine Stufe weiter: Ich dachte nicht nur an eine Diät, ich setzte sie zurzeit auch rigoros um. Pizza aß ich ohne Salami, dafür aus geschmacklichen Gründen mit einer doppelten Portion Schinken. Und die hypergesunden, bestimmt extremkalorienreichen Vollkornbrote mit hartem Schnittkäse, die mir meine Frau ins Büro mitgab, schenkte ich meinem Jungkollegen Jürgen. Dieser wohnte nach wie vor bei seiner Mama und wurde von dieser rücksichtslos verwöhnt. Das pürierte Irgendetwas, das Jürgen fast täglich in einer Schüssel von seiner Frau Mama mitbekam, wurde von uns recht ambivalent beurteilt. Jürgen und mir stülpte

13. Rätsel-Krimi

sich beim Anblick der Magen aus dem Rachen, Gerhard dagegen nutzte das Zeug, um die Kaffeemaschine zu reparieren. Er kannte keinen besseren Kleber und kein besseres Abdichtungsmaterial als Jürgens Dingsbums, so seine Worte.

Am Wochenende war es kein Problem, die diätischen Maßnahmen nicht über Bord zu werfen. An diesen beiden Tagen sorgte Stefanie für mein leibliches Wohl. Was sie mir vorsetzte, entsprach zwar nicht gerade dem, was ich unter Nahrungsmittel verstand, doch ich verzichte darauf, es näher zu beschreiben.

Die Personenwaage, die im Badezimmer stand, musste defekt sein. Ich stellte mich morgens und abends, am Wochenende meist stündlich darauf, doch sie zeigte stets unbeirrbar das gleiche Gewicht an. Da der Wert allem Anschein nach viel zu hoch war, beschloss ich, meiner Frau zu Weihnachten eine neue Waage zu schenken. Sie beschwerte sich ja jedes Jahr, dass sie so viele unbrauchbare Dinge und Nippes geschenkt bekam. Eine Waage hatte wenigstens einen praktischen Sinn.

Der Tod kannte kein Wochenende, das wussten wir Kriminalbeamten. So war es auch an diesem späten Samstagnachmittag, als mich während des Wiegens ein Anruf unserer Dienststelle aus dem geruhsamen Wochenende holte. Schnell schlüpfte ich in meine Slipper, zog meinen Mantel an und machte mich auf den Weg. Das Wohnhaus in Ruchheim war nicht leicht zu finden. In diesem neuesten Stadtteil von Ludwigshafen war ich nur selten und fand mich dementsprechend schlecht zurecht. Die Ein-

13. Rätsel-Krimi

satzfahrzeuge der Spurensicherung und das Absperrband zeigten mir schließlich, dass ich am Ziel angelangt war. Auf einem Grundstück stand ein Bungalow, umgeben von einer riesigen Rasenfläche, die an den Seiten mit hohem Pflanzbewuchs begrenzt war, der zu den Nachbarn beziehungsweise zur Straße hin für einen ausreichenden Sichtschutz sorgte. Der Rasen sah aus, als müsste er wöchentlich mindestens zehn Stunden lang gemäht werden. Wenn mir das Grundstück gehören würde, hätte ich das Grün längst durch pflegeleichtes Pflaster oder eine naturresistente Schicht Beton ersetzt.

Die männliche Leiche war noch nicht abtransportiert worden. Sie war vollständig bekleidet, trug einen langen schwarzen Mantel und feste Wanderschuhe und lag mitten auf dem gepflegten Rasengrün, das im Bereich des Kopfes der Leiche stark blutgetränkt war.

»Schreckliches Ende, Herr Palzki«, meinte der anwesende Notarzt nach der Begrüßung. »Herrn Moschelbrunner wurde direkt in den Kopf geschossen. Wenigstens dürfte er davon nicht viel gespürt haben. Übrigens, in seiner Manteltasche haben wir ein Päckchen mit weißem Pulver gefunden. Das ist schon auf dem Weg ins Labor.«

Ich sah mir die Leiche etwas genauer an. Nach Drogengeschäften schien mir der etwa 50-Jährige nicht auszusehen. »Haben Sie sonst noch etwas gefunden?«

»Hier auf dem feuchten Rasen ist es nicht möglich, der Leiche den Mantel auszuziehen. Vielleicht findet mein Kollege in der Rechtsmedizin bei der detaillierten Leichenschau mehr heraus.«

13. Rätsel-Krimi

Ich blickte nun zu dem etwa zehn Meter entfernten Gebäude. Die Terrassentür stand weit offen und gab den Blick auf ein geräumiges Wohnzimmer frei. Im Wohnzimmer traf ich Frau Moschelbrunner, die inzwischen eine Beruhigungsspritze erhalten hatte. Ich bat sie, mir den Tathergang zu erläutern.

Unter Schluchzen erzählte sie: »Wir beide saßen den ganzen Nachmittag vor dem Fernseher und tranken Pfefferminztee. Plötzlich hörten wir im Garten ungewöhnliche Geräusche. Als wir ans Fenster gingen, sahen wir eine Gruppe Jugendlicher zwischen den Hecken herumschleichen. Mein Mann öffnete sofort die Terrassentür, schrie nach den Jugendlichen und lief hinaus. Ich wartete im Wohnzimmer. Sekunden später hörte ich einen Schuss und sah die Jugendlichen über den Zaun springen. Im ersten Moment habe ich überhaupt nicht kapiert, was passiert war. Erst als ich nachschaute und Bruno so daliegen sah, wusste ich, dass man auf ihn geschossen hatte. Ich rief sofort den Notarzt und die Polizei.«

Ich nickte Frau Moschelbrunner zu. »Haben Sie Kinder?«

Sie schaute mich mit großen Augen an. »Ja, eine Tochter, warum? Sie lebt in München und wird noch heute kommen.«

»Ihre Tochter wird wohl alles erben«, entgegnete ich. »Wegen Erbunwürdigkeit werden Sie leer ausgehen, Frau Moschelbrunner. Ihre Geschichte stinkt nämlich zum Himmel. Entweder haben Sie Ihren Mann selbst erschossen oder zumindest jemanden damit beauftragt.«

13. Rätsel-Krimi

Frage: Woran erkannte Palzki, dass Frau Moschelbrunner die Unwahrheit sprach?

Lösung: 13. Rätsel-Krimi

Ihr Mann hatte einen Mantel an. Wenn er sich im Wohnzimmer aufgehalten hat und spontan irgendwelchen Jugendlichen nachgerannt ist, dürfte er kaum vorher seinen Mantel und Wanderschuhe geholt und angezogen haben.

14. Rätsel-Krimi

ALLES THEATER

Es hätte so ein schöner Tag werden können.

Der Vormittag war die Hölle. Zuerst war mein Kollege Gerhard Steinbeißer ungenießbar, weil sein Kaffee ungenießbar dünn ausgefallen war. Es hatten sich doch tatsächlich ein paar Moleküle Wasser in die Kanne verirrt. Gleich danach rief unser lieber Chef KPD eine große Lagesonderbesprechung ein. Sie entpuppte sich wie jedes Mal als sich ewig hinziehende Selbstbeweihräucherungsrede. Sein Monolog schien mehr als endlos und erinnerte mich an jene meiner Nachbarin Frau Ackermann. Sie hatte etwa das vierfache Sprechtempo von KPD und die Inhalte ihrer gefürchteten Monologe entsprachen denen KPDs: nutzlos, sinnlos und eine verbale Umweltverschmutzung. Jedem, der länger als drei Minuten konzentriert zuhörte, lief das Blut in Strömen aus den Ohren.

»Meine Damen und Herren«, kritisierte er zum Schluss und stellte sich drohend in Positur: »Wir haben im letzten Jahr fast 30 Prozent weniger Mörder gefasst als unsere Konkurrenten der umliegenden Kriminalinspektionen. Tun Sie etwas dagegen!«

Das Argument, dass wir sämtliche Mörder in unserem Wirkungskreis gefasst hatten, ließ er nicht gelten. Seine Statistiken waren ihm heilig, egal wie die Realität aussah.

Kaum der Lagebesprechung entkommen, musste ich feststellen, dass unser Kaltgetränkeautomat defekt war.

14. Rätsel-Krimi

Jutta und Gerhard, den beiden Hardcorekaffeetrinkern, war das egal, doch für mich war das Gerät so essenziell wie die Just-in-time-Lieferung der mittäglichen Pizza.

Dem nicht genug begann an diesem Tag eine Sicherheitsfirma damit, neue, miteinander vernetzte Feuermelder an den Decken von fast allen Büros und Fluren zu installieren. Jeder hinzugefügte Melder wurde zusammen mit allen zu diesem Zeitpunkt schon vorhandenen Geräten ausgiebig getestet. Ich kam mir vor wie Sputnik in der Erdumlaufbahn.

Auch der Rest des Vormittags wurde nicht langweilig. Der aktuelle Fall entwickelte sich dramatisch. Der Ludwigshafener Ehrenbürger und hoch angesehene Fred von und zu Göllheimer wurde gestern Abend entführt, nachdem er eine Exklusivveranstaltung im Pfalzbau in Ludwigshafen besucht hatte. Motiv und Täter lagen im Dunkeln. Die Fahndung lief auf Hochtouren, doch die bisherigen Ergebnisse waren mehr als enttäuschend.

Inzwischen befanden sich zwei Fotografien, auf denen er gestern zufällig abgebildet ist, auf meinem Schreibtisch. Ich besah sie bestimmt schon zum fünften Mal. Auf der ersten etwas verschwommenen Aufnahme konnte man ihn im Hintergrund mit einem schwarzen Frack bekleidet sehen: Er unterhielt sich mit einer Frau in einem türkisfarbenen Kleid, die bisher jedoch nicht identifiziert war. Das zweite Bild entstand, als er mit seiner Frau nach der Pause zu den Plätzen zurückging. Die bisherigen Erkenntnisse waren ähnlich dürftig: Laut Ermittlungsakte war von und zu Göllheimer nach dem offiziellen Programm zur Toilette gegangen. Seine Frau hatte eine Viertelstunde gewartet und informierte schließlich das Pfalzbaupersonal. Ihr Mann war unauffindbar. Sein Auto, es handelte sich um einen älteren Rolls-Royce, stand unberührt in der Tiefgarage.

Ein Anruf von Frau von und zu Göllheimer war mit Arbeit verbunden, erlöste mich wenigstens vom Pfeifen der Feuermelder. Sie teilte mir mit, dass sich die Entführer gemeldet hatten. Da mein Kollege Gerhard gerade unabkömmlich war, fuhr ich allein los. Ich wunderte mich, dass es in Ludwigshafen so große Grundstücke gab. Zu Fuß könnte man sich auf dem Anwesen des Ehrenbürgers locker für das Goldene Wanderabzeichen qualifizieren. Fred von und zu Göllheimer wohnte mit seiner Frau und dem dazugehörenden Personal in einer imposanten Villa.

Selbstverständlich hielten sich mehrere Beamte auf dem Grundstück und in der Villa auf. Richtig weitergekommen waren sie bisher aber nicht.

Die Frau des Entführungsopfers rannte in der Eingangshalle förmlich auf mich zu und empfing mich mit den Worten: »Die Entführer verlangen in dem Schreiben fünf Millionen Euro für meinen Mann, stellen Sie sich das mal vor!«

Ich versuchte, die hysterisch wirkende Dame zu beruhigen. In der Bibliothek traf ich auf weitere Beamte und einen Arzt, der seit gestern Abend vor Ort war und sich um die Dame kümmerte.

»Ist es ein Problem für Sie, diese Summe aufzubringen?«, fragte ich nun vorsichtig.

Frau von und zu Göllheimer schlug sich mit den Hän-

14. Rätsel-Krimi

den vor den Mund. »Ein Problem? Natürlich ist das ein Problem! Wir haben unser Vermögen komplett in Immobilien und andere Wertgegenstände angelegt. Auf die Schnelle kann ich diese Summe nie und nimmer aufbringen. Ich weiß wirklich nicht, was ich machen soll!«

Ich setzte mich an einen Tisch, der die Ausmaße einer Tischtennisplatte hatte und überlegte. »Könnte ich bitte mal das Entführerschreiben sehen?«

Der Kollege reichte es mir rüber. Wie so üblich, war der Text aus ausgeschnittenen Buchstaben zusammengesetzt. »Wann ist dieses Schreiben gekommen?«, hakte ich nach.

Frau von und zu Göllheimer antwortete: »Das hat vorhin ein Bote gebracht, zusammen mit der Krawatte, die mein Mann gestern trug. Die Sache ist eindeutig, der Brief kommt von den Entführern.«

»Wurde der Bote bereits vernommen?«

Der Kollege nickte. »Ja, es war aber nur ein Jugendlicher, der keine Ahnung von der Brisanz des Briefes hatte. Er hat von einem Unbekannten 20 Euro für den Botendienst erhalten.«

»Hat Ihr Mann gestern im Pfalzbau irgendetwas erwähnt? Vielleicht hat er etwas bemerkt, oder so?«

Sie schüttelte energisch den Kopf. »Ich habe keine Ahnung, wer dahinterstecken könnte. Der Brief, den der Bote brachte, war das erste Zeichen, nachdem mein Mann gestern nach der Vorstellung zur Toilette gegangen war.«

Ich überlegte eine Weile und schaute dann Frau von und zu Göllheimer scharf an. »Das mit dem Boten hat eigent-

14. Rätsel-Krimi

lich keine Bedeutung. Ich weiß auch so, dass Sie mir eine hanebüchene Lügengeschichte erzählt haben.«

Frage: Woher wusste Palzki, dass hier etwas nicht stimmte?

Lösung: 14. Rätsel-Krimi

Fred von und zu Göllheimer trug einen Frack. Dazu trägt man eine Fliege und keine Krawatte. Seine Frau sollte das eigentlich wissen.

15. Rätsel-Krimi

DIETMAR BECKER UND DER GOLDENE HUT VON SCHIFFERSTADT

Eine Zensur findet nicht statt.

Das Zeilengeld war auch nicht mehr das, was es einmal war. Als Journalist, auch wenn ich neben meinem Archäologiestudium nur Teilzeitjournalist war, verdiente man wirklich keine Reichtümer. Ich wusste, Archäologie und Journalismus passten nicht unbedingt zusammen. Doch waren es nicht oft gerade die Gegensätze, die sich anzogen? Ich liebte es, in altem Müll zu stöbern und daraus zu schließen, was die Müllproduzenten gegessen hatten. Jedenfalls dann, wenn der Abfall mehrere Tausend Jahre alt war. Früher wurden, zum Beispiel bei den Kelten, nicht mehr brauchbare Brunnen mit Abfall gefüllt. Solche gefüllten Brunnenschächte waren natürlich ein gefundenes Fressen für jeden Archäologen. Äh, natürlich bildlich gesprochen. Während mehrerer Exkurse hier in der Rheinebene hatte ich leider noch keine richtig wertvollen Artefakte finden können, leider auch keinen weiteren Goldenen Hut. Von diesen Hüten wurden bisher vier Stück gefunden, der erste im 19. Jahrhundert in Schifferstadt. Insbesondere der Berliner Goldhut regte meine Fantasie an. Der Hut wurde nicht nach seinem Fundort benannt, sondern nach dem Ort, an dem er ausgestellt wurde. Als sogenannter Fund ohne Fundort waren seine Herkunft und sein Finder unbekannt. Fachleute vermuteten, dass er aus Süddeutschland stammte. Natürlich hatte ich in dieser Sache recherchiert.

15. Rätsel-Krimi

Ich dachte, dass ich inzwischen auf einer heißen Spur war. Wenn sich meine Vermutung bewahrheitete, dann stammte der Berliner Goldhut aus der Nähe von Schifferstadt. Ich vermutete sogar, dass es dort weitere wertvolle Funde gab. Falls ich recht hatte, würde ich darüber bestimmt irgendwann einmal einen Krimi schreiben.

Überhaupt, die Krimischreiberei machte mir sehr viel Spaß. Insbesondere seit ich so hervorragende Kontakte zur Schifferstadter Kriminalpolizei hatte. Der Dienststellenleiter, Herr Diefenbach, war zwar etwas abgedreht und in seinen Reden ausschweifend, dafür erhielt ich öfters interne Informationen, die meine Journalistenkollegen erst viel später bekamen. Als kleines Dankeschön und zur Motivation für die Zukunft erwähnte ich in meinen Berichten regelmäßig Herrn Diefenbach und stilisierte ihn dadurch zum Ermittlungshelden. Sein Untergebener, Herr Palzki, tat mir manchmal etwas leid. Er, der Indianer, hatte die Arbeit, aber der Häuptling Diefenbach wurde dafür in der Presse, sprich von mir, in höchsten Tönen gelobt. Aber würde ich es anders machen, würde meine Informationsquelle sicherlich versiegen und Herr Diefenbach auf seinen persönlichen Polizeireporter, wie er mich manchmal bezeichnete, verzichten. Damit wäre doch keinem geholfen.

Trotz dieser Widrigkeiten schrieb ich weiter an meinen Krimis. Egal, wie es Palzki und seine Kollegen auch anstellten, stets passierten ihnen die unglaublichsten Dinge. Besonders Palzki stolperte regelmäßig von einem Fettnäpfchen ins nächste.

Doch zurück zum Goldenen Hut. Sein Fundort, so

wurde steif und fest behauptet, stand eindeutig fest und wurde erst vor wenigen Jahren mit einer Hinweistafel markiert. Unglücklicherweise gab es eine Zeit lang zwei solcher Hinweistafeln, die an verschiedenen Orten standen. Selbst aus aktuellen Flurplänen ging der Fundort nicht eindeutig hervor. Zwar hatte man einen Grundstückstausch organisiert, um den vermeintlichen Fundort in städtische Hände zu bringen. Doch meine Recherchen ergaben, dass der wirkliche Fundort direkt unter der neuen ICE-Strecke lag und deshalb kurzerhand etwas nach Süden verschoben wurde. Fortschritt ging eben vor.

Der Goldene Hut befand sich im Historischen Museum der Pfalz in Speyer. Alle paar Jahre konnte sich die Schifferstadter Bevölkerung darüber freuen, den Hut in ihrer Gemeinde bewundern zu dürfen. Demnächst sollte es wieder so weit sein, doch dies war noch ein Geheimnis.

Das alles erfuhr ich, als mich Klaus Diefenbach bat, einen Artikel über eine Ausstellung im alten Rathaus von Schifferstadt zu schreiben, für deren Sicherheitsvorkehrungen er sich verantwortlich zeichnete. Notgedrungen ging ich zu der Vernissage.

Gleich neben dem historischen Pranger befand sich der Eingang des alten Rathauses. Die vielen an den Wänden hängenden Schautafeln, die einen Überblick über die Entwicklung Schifferstadts gaben, gefielen mir sehr.

»Guten Tag, Herr Becker«, sprach mich Herr Diefenbach an. »Schön, dass Sie kommen konnten.« Diefenbach bewaffnete sich mit einer Flasche Wein und zwei Gläsern. »Lassen Sie uns doch ein Gläschen auf Ihren letzten Regionalkrimi trinken.«

15. Rätsel-Krimi

Meine Speiseröhre zuckte wie Dr. Metzgers Mundwinkel, doch er schenkte bereits ein.

»Ah, da kommt gerade Dr. Salomon. Diesen Herrn muss ich Ihnen unbedingt vorstellen, Herr Becker.«

Nach der überaus freudigen Begrüßung sprach Diefenbach etwas leiser und geheimnisvoller. »Es wird demnächst eine Überraschung für die Schifferstadter Bürger geben. Denn nächste Woche wird im alten Rathaus der originale Goldene Hut ausgestellt. Das wurde von Herrn Dr. Salomon, der als Experte auf dem Gebiet der Bronzezeit gilt, zusammen mit dem Stadtrat organisiert.« Noch flüsternd fügte er hinzu: »Es darf bis dahin niemand etwas erfahren, außer Ihnen natürlich, denn Dr. Salomon wird das Prachtstück zwei Tage vorher persönlich in Speyer abholen, damit er noch eine Expertise über den Hut erstellen kann.«

Ich nutzte seine Redezeit und stellte mein volles Weinglas unbemerkt auf einem der Tische ab. Um auch einen Redebeitrag zu leisten, sprach ich den mir bisher unbekannten Salomon an: »Es freut mich, Sie kennenzulernen. Gehe ich recht in der Annahme, dass Sie nicht aus Schifferstadt kommen?«

»Ja, ja, da haben Sie vollkommen recht, Herr Becker. Ich bin quasi Weltbürger, mal hier, mal da, Sie verstehen? Ich freue mich, den Goldenen Hut im Detail untersuchen zu dürfen. Besonders die mehr als 30 Karat schwere Goldlegierung will ich eingehend betrachten und die Verarbeitungstechniken der damaligen Zeit studieren.«

»Die Untersuchung des Hutes führen Sie dann hier im Rathaus durch?«, fragte ich erstaunt.

»Nein, natürlich nicht. Ich darf das Labor einer naheliegenden Universität benutzen. Wussten Sie eigentlich, dass der Goldene Hut von Schifferstadt keinesfalls einmalig ist?«

»Ist er das nicht?«, fragte ich zurück, obwohl mir das bekannt war.

»Es wurden bisher noch drei andere gefunden. Zwei davon in Deutschland, die habe ich schon untersuchen dürfen, und einer in Südfrankreich. Den nehme ich mir als Nächstes vor.«

»Das dürfte für Sie als Internationalist bestimmt kein Problem darstellen.«

Dr. Salomon redete noch weitere fünf Minuten auf uns ein. Sein weltbürgerliches Geschwätz hatte in meinem Kurzzeitgedächtnis nicht den Hauch einer Chance. Zum Glück wurde ich erlöst, als er im Saal einen offensichtlich wichtigeren Gesprächspartner entdeckte. Er entschuldigte sich kurz, um sich sogleich seinem neuen Zuhörer aufzudrängen.

»Na, was meinen Sie, Herr Becker. Mit Dr. Salomon hat der Stadtrat doch einen Glücksgriff gemacht!«, ereiferte sich Diefenbach.

»Oh, ich glaube, die sind mit Dr. Salomon vielmehr einem Hochstapler, eventuell sogar einem gefährlichen Betrüger aufgesessen.«

»Salomon soll ein Betrüger sein? Seine Referenzen sind erstklassig. Er ist eine Kapazität in seinem Fach!«

»Höchstens eine Kapazität als Fälscher. Er ist nie und nimmer ein Experte der Bronzezeit.«

Frage: Wodurch hat Dietmar Becker bemerkt, dass es sich um einen Betrüger handelt?

Lösung: 15. Rätsel-Krimi

Bei Edelsteinen wird das Gewicht in Karat (1 Karat entspricht 0,2 Gramm) gemessen, bei Gold hingegen gibt die Kennzahl Karat die Reinheit an. 18 Karat Gold entspricht dem bekannten 750/1000 Goldanteil.
Bei 24 Karat ist Schluss, denn mehr als 100-prozentiges Gold gibt es nun mal nicht.

16. Rätsel-Krimi

HIGH NOON

Es hätte so ein schöner Tag werden können.

Normalerweise erreichten die erbarmungslosen Sonnenstrahlen der Hundstage die mitteleuropäische Rheinebene in Ludwigshafen erst im Laufe des Monats Juli. Ich stand mitten auf dem Berliner Platz und der Juni war gerade mal drei Wochen alt. Meine Kleidung klebte an mir.

Während unser Vorgesetzter KPD seit Tagen nicht mehr aus seinem luxuriösen Büro herausgekommen war, das er mithilfe seiner neuen Klimaanlage auf etwa zwölf Grad heruntergekühlt hatte, mussten wir, die Untergebenen, Präsenz bei den Bürgern zeigen. Und das funktionierte nicht, wenn man den ganzen Tag faul im Büro saß. Genau diese Worte hatte KPD gestern bei der wöchentlichen Lagebesprechung gebraucht. Sich selbst schloss er dabei selbstverständlich nicht mit ein.

Das Wetter war das eine. Das andere war mein Ziel. Und das war ausgerechnet das Sonnenstudio ›Hot Burn‹, das sich als eines von mehreren Einzelhandelsgeschäften in einem großen Gebäudekomplex etabliert hatte. In meinem ganzen Leben hatte ich noch nie ein solches Studio betreten müssen. In meiner Naivität stellte ich mir eine Saunalandschaft mit den entsprechenden Temperaturen vor. Mein Sodbrennen würde ausnahmsweise also nicht die Hauptrolle meines Leidens spielen, sondern eher mein bereits beträchtlich erhitzter Kreislauf.

Am Kiosk nebenan besorgte ich mir als Überlebens-

16. Rätsel-Krimi

maßnahme drei Flaschen eisgekühlte Cola, die ich gierig in kürzester Zeit austrank. Schließlich wollte ich gleich mein Pfand zurückerstattet haben. Mit Bauchschmerzen undefinierbaren Ursprungs ging ich zum Sonnenstudio.

Angenehm überrascht war ich allerdings nach dem Betreten der Räumlichkeiten, als ich die laufende Klimaanlage bemerkte und mir ein frisches Lüftchen um die Nase wehte.

Mein Kollege Gerhard Steinbeißer, der vorausgefahren war, begrüßte mich mit einem provozierenden Blick auf seine Armbanduhr: »Hallo, Reiner, auch schon hier?«

Ich wusste, dass es besser war, mich erst gar nicht auf eine Diskussion einzulassen. »Erzähl mal, was ist passiert?«

Gerhard deutete auf einen etwa 25-jährigen Mann, der braungebrannt und mit zahllosen Tattoos ausgestattet war. Sein kräftiger Körper zeugte davon, dass seine Lebensaufgabe wahrscheinlich darin bestand, zwischen Sonnenstudio und Fitnessstudio hin- und herzupendeln. »Das ist Herr Benjamin Freudthaler.«

Ich bemerkte, dass meinem Kollegen das Wort ›Herr‹ nur schwer über die Lippen kam. Ich schmunzelte, Gerhard bemerkte dies und schmunzelte ebenfalls. »Herr Freudthaler arbeitet als Aushilfe in diesem Studio. Vor einer knappen halben Stunde ist er überfallen worden.«

»Alles in Ordnung mit Ihnen?«, sprach ich die Aushilfe an. »Brauchen Sie einen Arzt?«

»Ne, ist wieder alles in Ordnung mit mir. Das war ein Ding, sag ich Ihnen. Ungefähr 13 Uhr, hab kurz zuvor auf die Uhr geschaut, kommt der Typ reingerannt und hält mir gleich seine Knarre unter die Nase. Er schrie mich an, dass ich die Kasse aufmachen soll. Er griff sich nur die Scheine und steckte sie sofort in seine Tasche. Wenige Sekunden später rannte er schon wieder aus dem Laden raus. Zum Glück war ich gerade allein im Studio, sodass keine Kunden zu Schaden kamen.«

»Hat der Täter große Beute gemacht?«

»Dummerweise hat er die Einnahmen von vier Tagen erwischt, weil der Inhaber auf Geschäftsreise ist und das Geld nicht, wie sonst, jeden Abend abgeholt hat«, erklärte Gerhard.

»Warum waren Sie eigentlich alleine hier?«, fragte ich. »Ist das üblich, dass nur ein Angestellter auf den Laden aufpasst?«

»Nein, äh, das heißt, ja.« Er druckste herum und schien nach Worten zu suchen. »Normalerweise darf ich nicht allein hier sein, das ist nicht erlaubt. Wenn eine Kontrolle kommt, soll ich sagen, dass die andere Aushilfe gerade in der Pause ist.«

»Aber es gibt keine zweite Person, oder?«, hakte ich nach.

»Nein, natürlich nicht. Dann würde sich das Ganze nicht rechnen, sagt mein Chef. Ich bekomme nur einen Hungerlohn. Im Sommer ist fast nichts los, aber die Geräte sind halt da.«

Gerhard unterbrach unseren Dialog. »Jetzt lass mal gut sein, Reiner. Wir haben nämlich einen wichtigen Hinweis auf den Täter. Schau dir mal das Foto an.« Auf dem Bild war eine dunkel gekleidete Person von hinten zu erkennen, die gerade wegrannte.

16. Rätsel-Krimi

»Zufällig hatte ich hinter der Theke meine Digitalkamera liegen. Ich schnappte sie mir und konnte den Gauner gerade noch fotografieren, bevor er hinter der nächsten Ecke verschwand. Mithilfe des Computers habe ich dann das Foto ausgedruckt, bevor Ihr Kollege hier ankam.« Er deutete auf den PC nebst Drucker, der hinter der Theke auf einem kleinen Schreibtisch stand.

Ich schaute ihn kopfschüttelnd an. »Mein lieber Herr Freudthaler. Die Hitze macht mir zwar extrem zu schaffen, einen Bären lasse ich mir trotzdem nicht von Ihnen aufbinden. Den Überfall haben Sie sich nur ausgedacht, um an die Einnahmen zu kommen. Das ist ganz eindeutig.«

Frage: Woran erkannte Kriminalhauptkommissar Reiner Palzki, dass es sich um einen vorgetäuschten Überfall handelte?

16. Rätsel-Krimi

Lösung: 16. Rätsel-Krimi

Der Überfall fand am 21. Juni um 13 Uhr statt, die Sonne stand also beinahe im Zenit. Auf keinen Fall war ein so langer Schatten möglich, wie er auf dem Foto zu sehen war.

17. Rätsel-Krimi

BEPPO WUNDERSAM

Es hätte so ein schöner Tag werden können.

Kein Rasenmähen, keine Gartenbewässerung, ich liebte den Dezember. Wenn er nur nicht so kalt wäre und mich ab und an mit unliebsamen Schnee überraschen würde. Der Schnee erfreute zwar meine Kinder und sie bauten eifrig Schneeburgen und Ähnliches. Dummerweise aber stets genau auf dem Gehweg oder in der Garageneinfahrt, was den Schneebeseitigungsaufwand für mich jedes Mal beträchtlich erhöhte. Glücklicherweise gab es bei uns in der Rheinebene nur recht selten nennenswerte Mengen von dem weißen Zeug. Im Regelfall hatte die höchstens zwei Zentimeter hohe Schneedecke bis zur Mittagszeit in den Aggregatzustand Matsch gewechselt. Bei fünf Zentimetern brach bei uns das Chaos aus. Höhenbewohner des Pfälzer Waldes oder des Odenwaldes konnten darüber nur lachen. Spätestens ab sechs Zentimeter Neuschnee ging wirklich nichts mehr. Um das wenige Kilometer entfernte Ludwigshafen zu erreichen, benötigte man nun mindestens eine Tagesetappe. Der öffentliche Nahverkehr kam nicht einmal zum Erliegen, da er frühmorgens erst gar nicht starten konnte. Alle zwei oder drei Jahre kam es mal vor, dass ich wegen extrem widriger Verkehrsverhältnisse die Strecke von meiner Wohnung zur Dienststelle im Schifferstadter Waldspitzweg zu Fuß ging. Auch ohne Schnee war solch eine Wanderung eine reife Leistung für einen Kripobeamten im besten Alter. Doch allen Ärgernissen wie Schnee und Matsch

17. Rätsel-Krimi

zum Trotz: Bisher hatte ich die fast 500 Meter weite Strecke stets gemeistert. Momentan war es bei uns aber nur nasskalt. Eben ein typischer Winter in der Rheinebene.

Im Berufsalltag überschlugen sich die Ereignisse. Während ich gestern in Koblenz auf einem Lehrgang weilte – es ging um psychologische Opferbetreuung –, wurde in unserem Zuständigkeitsgebiet ein Mann ermordet. Ein Kollege nahm die Ermittlungen auf und übergab mir am Morgen mit einem gemeinen Lächeln die Akte. Um alles musste man sich selbst kümmern. Nach kurzem Akteneinblick machte ich mich auf den Weg.

Kurt Phaulstrick war, wie berichtet, tot. Ermordet in seinem eigenen Keller. Der Frührentner mit dem ungewöhnlichen Namen, den man ›Faulstrick‹ aussprach, wohnte in Speyer zusammen mit seiner Frau in einer Zweizimmerwohnung. Seine sozialen Kontakte waren sehr überschaubar, was seinen Mörder nicht davon abhielt, ihn um einige Jahre Rentenbezüge zu bringen. Seine Frau Edda saß im Rollstuhl und kam als Tatverdächtige nicht ernsthaft infrage. Um ihrem Mann im Keller die fünf tödlichen Stiche mit dem Brotmesser zu versetzen, dürfte sie körperlich wohl kaum in der Lage gewesen sein.

Eine Mittvierzigerin öffnete mir die Wohnungstür. Sie stellte sich als weitläufige Verwandte vor, die sich in den nächsten Tagen um ihre Großtante Edda kümmern wollte. Jedenfalls so lange, bis ein freier Platz in einer Anlage mit betreutem Wohnen gefunden war. Frau Phaulstrick wirkte einigermaßen gefasst. Auf meine Frage, ob es in ihren Augen einen potenziellen Verdächtigen gebe, sprudelte es sofort aus ihr heraus.

17. Rätsel-Krimi

»Das kann nur der Beppo Wundersam gewesen sein. Der mit seinem ganzen Esoterikzeugs!«

»Beppo Wundersam«, entgegnete ich, »ist aber ein seltsamer Name.«

»Das ist ja auch nur sein Künstlername. Er hat so eine Art Sekte gegründet und zieht den Leuten das Geld aus der Tasche. Mein Mann ging mehrmals die Woche zu ihm. Zugegeben hat er es zwar nie, ich habe ihn aber beobachten lassen. Seitdem weiß ich über diesen Wundersam Bescheid.«

Esoterik, Sekte – ich fühlte mich irgendwie nicht wohl.

»Wissen Sie, was er dort gemacht hat?«, fragte ich Frau Phaulstrick.

»Er hat Geld ausgegeben, viel Geld. Für irgendwelche Heilmittel, lauter Firlefanz. Und vorgestern habe ich bemerkt, dass unser Erspartes verschwunden ist.«

Mehr war aus der Dame nicht herauszubringen. Ich ließ mir die Adresse von Beppo Wundersam geben, der glücklicherweise nur zwei Straßen weiter wohnte. ›Beppo Wundersam – Heilung – Glück – Harmonie‹ stand groß an der Türklingel. Ich drückte fest darauf und sogleich ertönte eine Melodie, bei der sich mir die Zehennägel aufrollten. Dann stand er vor mir mit seinen schulterlangen weißen Haaren, in denen eine Nickelbrille steckte. Seine Bekleidung bestand aus einem Kimono und ausgelatschten Sandalen.

»Guten Tag, Zeitgenosse«, begrüßte er mich mit einem Pferdegebisslächeln. »Womit darf ich Ihnen dienen?«

»Mit einer Auskunft«, erwiderte ich und zeigte ihm meinen Dienstausweis.

Lösung: 17. Rätsel-Krimi

»Oh, die Polizei, treten Sie doch ein, wir haben nichts zu verbergen.«

Der Weihrauchgehalt seiner Wohnung war grenzwertig, mein Magen würde das nicht lange aushalten. »Ich möchte mit Ihnen über einen Ihrer Kunden, Herrn Kurt Phaulstrick, sprechen.«

Wundersams Stirn kräuselte sich. »Den Namen habe ich noch nie gehört, Herr Palzki, tut mir leid.«

»Sind Sie sich da ganz sicher?«

»Absolut, aber ich kann Ihnen gerne meine Kartei zeigen.« Er drehte sich um und holte aus einem Schrank einen altmodischen Karteikasten. »So neumodisches Zeug wie einen Computer brauche ich nicht«, sagte er. »Hier schauen Sie, da sind alle Kunden, die mit P anfangen.« Er hielt mir einen Stapel Karteikarten unter die Nase, den ich nur flüchtig begutachtete. »Na, sind Sie zufrieden, Herr Palzki?«

»Ja, Herr Wundersam, voll und ganz. Ich weiß jetzt genau, dass Sie Herrn Phaulstrick kannten.«

Frage: Woher wusste Palzki, dass Wundersam Herrn Phaulstrick kannte?

Phaulstrick wird wie Faulstrick ausgesprochen. Trotzdem suchte Wundersam im Karteikasten unter dem Buchstaben ›P‹.

18. Rätsel-Krimi

MAXDORFER GESCHICHTEN

Es hätte so ein schöner Tag werden können.

Das beschauliche Maxdorf war alles andere als beschaulich. Klar, idyllisch und erholsam, diese Eigenschaften trafen schon in gewisser Weise zu. Aber friedlich, das war Maxdorf nie. Man denke nur an den Flugzeugabsturz auf dem Großmarkt vor wenigen Jahren. Oder an den Überfall 1984 auf ein Maxdorfer Waffengeschäft durch ein damaliges RAF-Mitglied. Die Täterin wurde vor nicht allzu langer Zeit auf Bewährung freigelassen.

Aber das war alles nichts gegen die Posse mit dem Kartoffelkreisel. Vor ein paar Jahren hatte man mitten auf dem Verkehrskreisel in Richtung Fußgönheim ein Kunstgebilde installiert, das, wenn man es wusste, entfernt an eine Pfälzer Grumbeer, also eine Kartoffel, erinnerte. Doch schon bald blätterte die Farbe ab und das schmucklose Etwas wurde nach reichlichem Spott wieder abgebaut.

Viel mehr wusste man, wenn man nicht gerade in Maxdorf oder in einem benachbarten Dorf lebte, nicht über diese Gemeinde. Nach KPDs These gab es aber in jedem Dorf und in jeder Stadt eine große Dunkelziffer an Straftaten. Folglich auch in Maxdorf. Sie mussten nur aufgedeckt werden.

Eine Gelegenheit dazu bot sich mir nun.

Ich fuhr die Maxdorfer Hauptstraße entlang und erinnerte mich an die größte Videothek weit und breit, der auch ich vor 20 Jahren so manchen Besuch abgestattet hatte. Heutzutage müsste ich wahrscheinlich in der Bedienungs-

18. Rätsel-Krimi

anleitung nachlesen, wenn ich mal daheim fernsehen wollte. Dieses Medium hatte für mich weitgehend seinen Sinn verloren. Das Niveau der meisten Sender war grottenschlecht und unzumutbar. Lieber las ich abends einen spannenden Krimi. Jedenfalls, solange er nicht von diesem Dietmar Becker stammte.

Mein Weg führte mich zum Kreishallenbad, das seinen vorläufig letzten Öffnungstag bereits vor längerer Zeit hinter sich gebracht hatte und demnächst wiedereröffnet werden sollte. Die Umbauarbeiten im nicht öffentlichen Bereich waren seit Äonen im Gange. Immer wieder verzögerte sich die Renovierung. Einmal mussten sogar die frisch verlegten Fliesen wieder entfernt werden. Während der Renovierungsphase wurde an diesem Morgen in einem der Kellerräume Diebesgut gefunden, das von einem Einbruch stammte, der vor drei Tagen in Ludwigshafen verübt wurde. Meine Kollegen hatten bereits einen Verdächtigen im Visier. Die Vernehmung der ehemaligen Angestellten des Hallenbades überließen sie mir.

Nachdem ich meinen Kollegen Gerhard Steinbeißer und die anderen begrüßt hatte, zeigte man mir den Weg zum Sozialraum, in dem Paul-Theo Montgomery wartete. Er war ein kahlköpfiger Endfünfziger, der mit seinem hochgezwirbelten Kaiser-Wilhelm-Bart und einem Kassengestell auf der Nase, das vor Jahrzehnten von den Optikergeschäften als neuestes Modell verkauft wurde, etwas skurril aussah. Mit seinem Äußeren würde er durchaus in einen dieser Regionalkrimis passen, die der Student Dietmar Becker schrieb. Herr Montgomery war bis vor seiner vor einem Jahr erfolgten Kündigung für die Pflege der Schwimmbadtechnik zuständig, quasi der Mann im Untergrund. Er hatte Zugang zu allen Räumen, die es in solch einem Hallenbad gab.

Mürrisch stand er auf, ohne mir die Hand zu geben. Bevor ich etwas sagen konnte, bellte er mich bereits an: »Warum muss ich noch mal hier aufkreuzen? Erst schmeißt man mich raus und nun verlangt man von mir, dass ich einem Polizeibeamten Rede und Antwort stehe. Erklären Sie mir das mal, ich habe nämlich keine Ahnung, was ich hier soll. Ich bin erst gestern Abend von meinem Ostseeurlaub zurückgekommen.«

Das fängt ja gut an, dachte ich mir. »Okay, Herr Montgomery, dann werde ich Ihnen das einmal ausführlich erklären. Wir haben in einem der Kellerräume Diebesgut gefunden, das vor drei Tagen gestohlen wurde. Ihr ehemaliger Arbeitgeber teilte uns mit, dass Sie die Schlüssel für das Hallenbad nicht zurückgegeben hätten. Wenn das kein Grund für eine Vernehmung ist, dann weiß ich auch nicht weiter.«

»Wie bitte? Ich habe doch schon tausendmal gesagt, dass ich den Schlüsselbund verloren habe. Ferner bin ich nicht der Einzige, der Zugang zu den Räumen hatte. Und außerdem sehe ich keine Notwendigkeit, hier noch einmal herzukommen.«

»Natürlich, das wissen wir alles«, versuchte ich ihn zu besänftigen. »Es geht zunächst nur um ihr Alibi.«

»Mein Alibi? Nichts leichter als das. Ich war, wie ich Ihnen bereits sagte, im Urlaub. Ich habe zahlreiche Wattwanderungen unternommen, Schellenten beobachtet, in Rostock in einem Dreisternehotel übernachtet und mich dabei prächtig erholt. Dann komme ich heim und werde gleich eines Diebstahls beschuldigt!«

Lösung: 18. Rätsel-Krimi

Ich nickte. »Tja, so spielt das Leben manchmal. Haben Sie bitte Verständnis dafür, dass ich Sie nun vorläufig festnehmen muss. So eine dreiste Lüge ist mir schon lange nicht mehr aufgetischt worden.«

Frage: Welche Lüge meinte Reiner Palzki?

Da es an der Ostsee keine Ebbe und Flut gibt, gibt es auch kein Watt.

19. Rätsel-Krimi

BLINDER VERDACHT

Es hätte so ein schöner Tag werden können.
Viel war in letzter Zeit über die Finanzkrise geschrieben worden. So mancher hatte sich mit nur schwer durchschaubaren Finanzanlagen um seine Altersvorsorge gebracht. Mir als Polizeibeamter konnte so etwas jedoch nicht passieren. Das hatte einen einfachen Grund: Im Regelfall ließ das Gehalt eines Polizisten finanztechnische Spielereien nicht zu. Da ich zudem weder in ein reiches Elternhaus geboren wurde noch sonstige weitere Einkünfte hatte, konnte ich der Finanzkrise gelassen gegenübertreten. Dies galt aber ausschließlich für mein Privatleben. Als Kriminalhauptkommissar hatte ich dagegen zunehmend mit Mitmenschen zu tun, die ihre persönliche Finanzkrise mit individuellen Mitteln zu meistern versuchten. Und diese waren nicht immer ganz legal.
Mein Lieblingskollege Gerhard Steinbeißer und ich kamen gerade aus einem Einzelhandelsgeschäft in Neuhofen, in dem wir in einer sehr heiklen Sache ermittelten, als plötzlich zwei Streifenwagen mit eingeschaltetem Sondersignal angebraust kamen und vor dem wenige Häuser entfernten Geldinstitut anhielten. Sofort stürmte eine Handvoll bewaffneter Kollegen in die Bank hinein. Doch wie wir gleich darauf erfuhren, war dies vergebens. Der Bankräuber hatte sich in letzter Sekunde mit seinem vor der Bank stehenden, grauen, uralten Fahrrad und einem großen roten mit Bargeld gefüllten Rucksack aus dem Staub gemacht. Einem Zeugenhinweis nach radelte der Täter in Richtung

19. Rätsel-Krimi

Rheingönheim davon. Die Beamten eines der beiden Streifenwagen hatten bereits die Verfolgung aufgenommen.

»Komm«, sagte ich zu Gerhard, »lass uns ebenfalls nach dem Flüchtigen suchen.«

Wir stiegen in seinen Dienstwagen und fuhren die Ludwigshafener Straße in Richtung Ortsausgang. Von unseren uniformierten Kollegen war weit und breit nichts zu sehen.

»Stopp, halt mal an«, forderte ich meinen Kollegen plötzlich auf. »Mein Gefühl sagt mir, dass der da rechts rein ist.«

Gerhard schaute mich fragend an. »Na, da bin ich mal gespannt, ob dein Gefühl zuverlässig ist. Ich kann jedenfalls nicht erkennen, warum der Täter hier abgebogen sein sollte.«

»Sehen tu ich es auch nicht. Dann nenne es eben Intuition. Wenn er geradeaus gefahren ist, kommt er hinter dem Tierpark aufs freie Feld. Falls er hier aber rechts in die Ringstraße eingebogen ist, kann er sich im angrenzenden Wald mit Leichtigkeit verdünnisieren. Vielleicht hat er auch seinen Wagen hier irgendwo abgestellt oder er will seine Beute im Wald verstecken.«

»Okay, von mir aus«, antwortete Gerhard und bog rechts ab. Nach hundert Metern begegneten wir einem Spaziergänger. Ich gab meinem Kollegen ein Zeichen, dass er anhalten solle, und kurbelte das Seitenfenster herunter. »Entschuldigen Sie, Kriminalpolizei. Wir suchen einen Radfahrer auf einem alten grauen Fahrrad. Ist der vielleicht gerade hier vorbeigefahren?«, fragte ich den älteren Herrn.

Der Mann nickte. »Und mit was für einem Tempo! Der

hat mich fast über den Haufen gefahren, als ich da vorn über die Straße ging. Er hatte einen knallroten Rucksack dabei und hielt komischerweise eine Skibrille in der Hand!«

»Genau den suchen wir. Können Sie uns sagen, in welche Richtung er gefahren ist?«

»Na klar kann ich das. Ich musste mich von diesem Schreck erst mal erholen, deshalb bin ich noch eine Weile stehen geblieben und habe ihm nachgesehen. Er ist da vorn in den Wald eingebogen.«

Der Mann zeigte auf einen in die Straße mündenden Waldweg. Ich bedankte mich bei ihm für die präzise Aussage und Gerhard fuhr weiter bis zum Beginn des Waldwegs.

»Da kommen wir mit dem Auto nicht weiter, Reiner«, sagte er und parkte den Wagen. »Komm, lass uns zu Fuß gehen.«

Bevor wir uns auf den Weg machten, verständigte ich noch unsere Kollegen per Funk.

Wir mussten nicht weit gehen. Nach wenigen Schritten entdeckten wir einen weiteren Spaziergänger, der friedlich auf einer Parkbank saß. Wir bemerkten schnell, dass die Befragung nicht ganz einfach werden würde. Er trug eine gelbe Binde mit drei schwarzen Punkten um den Oberarm und auf der Bank neben ihm lag ein weißer Blindenstock. Trotzdem versuchten wir unser Glück und befragten auch ihn, ob er einen Radfahrer bemerkt hätte.

»Ja«, nuschelte er mit tiefer Stimme, »da ist gerade so ein wilder Mann vorbeigerast. Zum Glück hab ich schon auf der Bank gesessen, sonst hätte er mich umgefahren. Ich bin nämlich komplett blind und kenne den Weg nur bis zu dieser Bank hier. Weiter kann ich leider nicht in den Wald

Lösung: 19. Rätsel-Krimi

hineingehen. Das ist aber nicht so schlimm, ich kann die Bäume ja sowieso nicht sehen.«

Bevor Gerhard und ich weiterlaufen wollten, stellte ich ihm noch eine letzte Frage: »Können Sie mir auch sagen, in welche Richtung der Radfahrer gefahren ist?«

Der Blinde stand auf und fuchtelte mit seinen Armen herum. »Er ist von links gekommen und nach rechts weitergefahren. Das kann sogar ein Blinder erkennen.«

Gerhard wollte sich auf den Weg machen. Doch ich stoppte ihn. »Langsam, Herr Kollege, hier hat uns gerade jemand kräftig auf den Arm genommen!«

Frage: Welche Lüge meint Hauptkommissar Reiner Palzki?

Der Blinde sprach von einem Mann, der an ihm vorbeigeradelt sei. Das dürfte er nicht erkennen können.

20. Rätsel-Krimi

MELANIE UND DER ALTE SCHATZ

Autorin: Larissa J. Schneider (17 Jahre)
Kleine Brüder sind doof.

Meiner brach alle Rekorde. Vor ein paar Tagen brachte er es sogar fertig, mein geheimes Coladosenversteck an Mama zu verpetzen. Und das nur, weil ich seine Ritterburg zerstört habe. Typisch Paul! Er konnte einfach nicht verstehen, dass sie mir im Weg stand. Warum musste er diese dumme Burg auch ausgerechnet mitten in seinem Zimmer aufbauen, wo ich gerade entlanggehen wollte. Außerdem war ich älter als er, was sein Argument, dass es schließlich sein Zimmer war, außer Kraft setzte. Als ich dann aber eine halbe Stunde später mit einer Coladose in der Hand vor ihm stand, machte er Augen, denn sein Plan mit der Bestrafung war fehlgeschlagen. Ich wäre schön blöd, meinen überlebenswichtigen Vorrat so zu verstecken, dass alles auf einmal weg wäre. Da hätte Papa nur einmal zu auffällig zum Colaversteck im Schuhschrank gehen müssen und schon wäre alles verloren gewesen.

Paul, diese kleine Petze, wollte gerade wieder zu Mama rennen, deshalb musste er zum Schweigen gebracht werden. Ich nahm einen seiner Spielzeugritter und hielt ihn aus dem Fenster. »Wenn du bei Mama petzt, dann fällt er!«, sagte ich, und es klappte, Mama erfuhr von nichts.

Bald würde Papa von seiner langweiligen Arbeit kom-

20. Rätsel-Krimi

men, dann musste er sein Versprechen endlich einlösen. Er hatte zugesagt, mit mir nach Speyer in die Curry-Sau zu fahren. Papa hatte sich eine Ausrede für Mama ausgedacht und sagte, er wolle ihr erzählen, dass er wegen seiner Arbeit nach Speyer in den Dom müsse und mich mitnehmen wolle. Da würde meine Mama bestimmt nicht Nein sagen. Diesen Ausflug hatte ich mir eindeutig verdient, denn gestern war es mir gelungen, einen richtigen Fall zu lösen. Papa sagte zwar im Beisein von Mama und meinem doofen Bruder, dass dies keine besonders große Leistung darstellte, doch schließlich hatte ich es ohne meinen alten angeberischen Vater geschafft.

In der Schule war Wandertag und wir gingen in den Wald. Nach mehreren gespielten Kopfweh- und Übelkeitsattacken hatte mir meine Mama verboten, mich krankzumelden. Also blieb mir nach weiteren fehlgeschlagenen Überzeugungsversuchen nichts anderes übrig, als doch mitzugehen. Der ganze Tag zog sich in die Länge und wir wanderten und wanderten. Als wir gegen Nachmittag die Besichtigung einer alten Ruine abgeschlossen hatten und uns endlich auf den Rückweg machen wollten, sagte einer der doofen Jungs aus meiner Klasse, dass er mal müsse, und wir waren gezwungen, eine Pause einzulegen.

Wir setzten uns auf einen umgekippten Baum und packten unsere Brote aus. Ich hatte nach dem ganzen Wandern Hunger und biss in mein Brot, doch ich spuckte den Bissen sofort auf den Waldboden. Meine Freundin Linnea sah mich seltsam an, doch das Wort ›Vollkorn‹

brachte sie sofort zum Lachen. Daran hatte ich nicht gedacht. Ich hatte vergessen, mir etwas Leckeres zum Essen mitzunehmen. Doch zum Glück war Linnea so nett und gab mir einen Schokoriegel. Nach dem Essen wollte ich mit ein paar anderen aus meiner Klasse im Wald Verstecken spielen. Wir rannten uns eine Weile hinterher und machten eine Blätterschlacht mit heruntergefallenem Laub, bis wir an einen Hügel kamen. Auf dem Weg nach oben entdeckten wir eine Höhle, die wir natürlich auf der Stelle erkunden mussten. Ein schmaler steiniger Weg führte leicht nach unten und endete nach einer sehr kurzen Distanz an einer Erdwand. Enttäuscht wollten wir uns auf den Rückweg machen, als ich über etwas stolperte und auf den Boden fiel. Zuerst lachte Linnea, doch als sie sah, was meinen Sturz verursacht hatte, kam sie interessiert näher. Aus dem Boden ragte die Ecke einer Holzkiste hervor. Wir begannen schnell, die Kiste aus der Erde zu befreien. Sie war alt und mit seltsamen Zeichen bemalt. Einer der Stärkeren von uns schaffte es schließlich, sie zu öffnen. Wir stürzten uns auf den Inhalt und waren sogleich enttäuscht. Es befanden sich nur ein sehr alt wirkender Brief und eine Kette mit einem Anhänger darin. Linnea nahm die Kette und begutachtete den Anhänger.

»Da ist ja auch eine DM-Münze, die Kiste muss schon sehr lange hier liegen!«

Wir nahmen unseren Schatz und machten uns auf den Weg zu den anderen, die nicht mit in den Tunnel gekommen waren. Als sie die Kiste sahen, staunten sie. »Was ist da drin?«, wollte einer wissen.

20. Rätsel-Krimi

Meine Freundin nahm den Brief, der immer noch in der Kiste lag, und las vor: ›Ich werde verfolgt und muss meinen Schatz vor Räubern in Sicherheit bringen, darum vergrabe ich ihn. Wer diesen Schatz findet, soll ihn bitte gut beschützen, denn er ist von sehr hohem Wert.‹

»Steht denn keine Jahreszahl oder so dabei?«, fragte ich.

»Doch, hier steht 1940! Dieser Schatz muss wirklich sehr wertvoll sein!«, antwortete meine Freundin.

Wir gingen zusammen zu unserem Pausenplatz zurück, erzählten den Langweilern von unserem abenteuerlichen Fund und zeigten ihnen die Kiste und deren Inhalt.

»Der Schatz ist aber cool!«

»Bloß leider nicht echt!«, antwortete ich.

Paul rannte an mir vorbei und riss mich aus meinen Gedanken an den letzten Tag.

»Papa ist da!«, rief er mir zu und war schon auf dem Weg nach unten, um ihm wie immer entgegenzuspringen. Endlich würde es losgehen.

Ich hörte Papa: »Meine liebe Stefanie, wegen meinen Ermittlungen muss ich noch schnell für ein paar Recherchen nach Speyer in den Dom!«

Jetzt war ich an der Reihe. Ich war schnell die Treppe heruntergerannt und sagte: »Oh ja, klasse, Papa, da komme ich mit, dabei kann ich bestimmt viel lernen!«

»Das ist keine schlechte Idee!«, sagte Mama. »Dann kommen wir gleich alle mit! Das wird bestimmt ein netter kleiner Ausflug!«

Und schon war der Tag für mich gelaufen.

20. Rätsel-Krimi

Frage: Woran erkannte Melanie, dass es sich um eine Fälschung handelte?

Lösung: 20. Rätsel-Krimi

1940 gab es noch keine DM.

21. Rätsel-Krimi

DER PAPAGEIENLIEBHABER

Es hätte so ein schöner Tag werden können.

Und den hätte ich mir nach dem Stress der letzten Wochen wirklich verdient. Jeden Sommer war es das Gleiche: Kaum hielt die Hitze mehrere Tage an, drehten die Leute durch. Auch wenn so manche Statistik behauptete, dass die meisten Verbrechen zum Jahresende verübt wurden, wusste ich es besser. Die brütende Sommerhitze ließ die Aggressionsschwelle bei nicht allzu charakterfesten Menschen beträchtlich sinken. Davon waren nicht nur die zwischenmenschlichen Bereiche von Mann und Frau betroffen. Amokfahrende Autofahrer, die sich von einem angeblich zu langen Ampelrot provozieren ließen, normalerweise friedliche Kneipengänger, denen witterungsbedingt bereits das erste Bier zu Kopf stieg, sowie die zusätzlichen 15.000 temporären Einwohner, die den Rhein-Pfalz-Kreis im Sommer auf den Campingplätzen rings um Altrip bevölkerten. Gerade dort waren Pöbeleien und Schlägereien an der Tagesordnung. Eigentlich bräuchten wir im Sommer zusätzlich einen Stab von Beamten, was personalpolitisch jedoch nicht durchsetzbar war.

Wie auch immer, nach den letzten stressigen Wochen gönnte ich mir an diesem Tag einen freien Freitagnachmittag. Um einer Einkaufstour mit meiner Frau zu entgehen und die ungewohnte Freiheit nicht ungenutzt zu vergeuden, machte ich mich auf den Weg, um meinen Freund Lukas in Schauernheim zu besuchen. Im Nordring besaß

21. Rätsel-Krimi

er ein kleines Häuschen am Ortsrand mit Blick aufs freie Feld.

»Hallo, Reiner«, begrüßte er mich. »Toll, dass es geklappt hat. Wir haben uns ja schon ewig nicht mehr gesehen. Ich habe uns draußen auf der Terrasse etwas zu trinken und knabbern hingestellt.«

Ich vergewisserte mich, dass ich meine Sodbrennentabletten dabei hatte, und stürzte mich mit dem üblichen Heißhunger auf die Kekse. »Ganz schön laut bei dir«, sagte ich aufgrund der kreischenden Vögel, deren Lärm vom Nachbargrundstück herüberschallte.

Mein Freund Lukas blickte erstaunt auf. »Fritz Belinger, mein Nachbar, hat eine Papageienzucht. Aber so laut wie im Moment war es noch nie.« Er überlegte einen Moment. »Normalerweise sehe ich den Fritz jeden Tag, doch seltsamerweise habe ich ihn heute noch nicht zu Gesicht bekommen.«

Ich stand auf. »Dann lass uns mal kurz rübergehen, vielleicht ist ihm etwas passiert.«

In der Hofeinfahrt der Papageienzucht Belinger parkte ein roter Kastenwagen. Die hintere Tür stand offen, im Wagen waren mehrere Käfige mit den unterschiedlichsten Papageien verstaut.

»Den Wagen kenne ich nicht«, meinte Lukas, als im gleichen Moment eine Person auf uns zukam.

»Wer sind Sie?«, blökte er uns an. »Sie haben hier nichts zu suchen, hauen Sie ab!«

Lukas ließ sich davon nicht beeindrucken. »Wer sind Sie denn? Ich bin der Nachbar von Fritz Belinger und mit ihm befreundet. Wo ist er überhaupt?«

»Ach so«, stotterte der Fremde. »Ich bin Walter Belinger, der Halbbruder von Fritz.«

»Fritz hat einen Bruder? Davon hat er mir nie erzählt.« Irgendetwas kam mir spanisch vor, daher war es nun an der Zeit, dass ich mich einmischte.

»Herr Belinger, würden Sie uns bitte sagen, wo Ihr Bruder ist? Wir würden ihn gerne sprechen.«

Ohne zu zögern, antwortete er: »Das geht im Moment nicht. Fritz ist erkrankt und liegt bei mir zu Hause im Bett. Ich bin übrigens genau wie er Papageienzüchter. Er bat mich, ein paar seiner Tiere abzuholen, denn in der Zucht arbeiten wir zusammen.«

»Wo bringen Sie die Tiere hin?«, fragte ich nach.

»Manche nehme ich mit zu mir, andere sind bereits verkauft und werden von mir nun zum Kunden gebracht. Kommen Sie mal mit, ich zeige Ihnen die Prachtexemplare.«

Wir folgten Herrn Belinger zur Rückseite des Hauses. Hier sah es wie in einem Vogelpark aus. Fast das ganze Gelände war mit unterschiedlich großen Volieren bebaut.

»Auf diese Kakadus sind mein Bruder und ich besonders stolz. In Südamerika, wo sie herkommen, sind sie eine Landplage, bei uns jedoch werden sie hoch geschätzt. Wie gefallen Ihnen diese Vögel? Sind sie nicht allesamt wunderschön?«

Walter Belinger begann zu schwärmen. Er zeigte auf eine Voliere, in der graue Papageien mit roter Schwanzspitze umherflogen. Für mich waren es einfach nur bunte Vögel.

»Mit diesen beiden in der Ecke haben wir unsere Zucht begonnen«, erklärte er verträumt.

Lösung: 21. Rätsel-Krimi

»Interessant«, nickte ich und schaute mir die Voliere an.

Schließlich kam mein Freund Lukas auf mich zu. »Komm, Reiner, lass uns wieder zu mir rübergehen, sonst wird unser Bier noch warm.«

Ich schüttelte energisch den Kopf. »Nein, Lukas, das machen wir nicht. Wir sollten stattdessen besser meine Kollegen verständigen, denn dieser angebliche Bruder deines Nachbarn ist auf keinen Fall ein Papageizüchter!«

Frage: Woran erkannte Reiner Palzki, dass er keinen Papageienzüchter vor sich hatte?

Kakadus gibt es nur in Australien und Südost-Asien, auf keinen Fall in Südamerika.

22. Rätsel-Krimi

SPENDENBETRUG

Es hätte so ein schöner Tag werden können.

Wieder einmal war ein Jahr vergangen. Ein gutes Jahr für mich als Beamter, denn alle Kapitalverbrechen konnten aufgeklärt werden, und ein gutes Jahr für mich als Privatperson: Den meisten größeren Fettnäpfchen konnte ich aus dem Weg gehen beziehungsweise erkannte sie rechtzeitig. Nur kleinere, kaum nennenswerte Pannen im zwischenmenschlichen Bereich trübten die Idylle. Stefanie freute sich nicht wirklich über die neue Pommes-Friteuse mit doppeltem Fassungsvermögen, die ich ihr zu Weihnachten geschenkt hatte. Dabei hatte ich mich bei der Auswahl so angestrengt und großen Wert auf den praktischen Nutzen gelegt. Beschwerte sich meine Frau nicht regelmäßig über die vielen überflüssigen Geschenke, die sie notgedrungen ein halbes Jahr ins Wohnzimmerregal stellte und dann stillschweigend in der Flohmarktkiste verschwinden ließ?

Als guten Vorsatz für das neue Jahr empfahl mir meine treusorgende Frau, etwas mehr auf meine Linie zu achten. Der Anzug, den ich letztmalig zur Weihnachtsfeier unserer Kriminalinspektion getragen hatte, würde zwar ihrer Meinung nach noch ganz gut passen, den Taillenbereich nahm sie bei dieser Feststellung jedoch ausdrücklich aus. Als Mann machten mir solche Behauptungen selbstverständlich nichts aus, sicherlich hatte die Hose nur zu lange im Wäschetrockner gelegen. Und überhaupt trug ich zu Hause lieber eine bequeme Jogginghose.

22. Rätsel-Krimi

Da ich Urlaub hatte, lud ich Stefanie und die Kinder zum Essen ein. Inzwischen waren die Kinder alt genug, um sie mit Cola oder kostspieligen Versprechungen zu bestechen, damit der Restaurantbesuch hoffentlich nicht allzu peinlich wurde. Meine Frau entschied sich für ein Restaurant in der Ludwigshafener Fußgängerzone. Es lag bereits in Sichtweite, als sich uns zwei jüngere Männer in den Weg stellten. Für Jugendliche waren sie erstaunlich konservativ gekleidet. Höflich sprachen sie uns an.

»Guten Tag, entschuldigen Sie bitte die Störung. Dürften wir Sie um eine kleine Gabe für einen guten Zweck bitten?«

Auf die versiegelte Spendendose, die der zweite Jugendliche bei sich trug, hatte ich bereits ein Auge geworfen. Normalerweise wimmelte ich derlei Gesuche gleich ab, was nicht heißen sollte, dass ich es grundlegend ablehnte, zu spenden. Doch ich möchte mir solche Dinge erst in Ruhe überlegen. Da der Rest meiner Familie erwartungsvoll um mich herumstand und wohl auf meine Reaktion wartete, antwortete ich den beiden: »Dann lasst mal hören, um welchen guten Zweck es geht. Sammelt ihr etwa für notleidende Polizeibeamte?«

Die zwei starrten mich erschrocken und etwas verwirrt an. »Nein, nein«, stotterte der blondhaarige Spendendosenträger. »Wie kommen Sie auf Polizei?«

Stefanie begann zu lachen. »Keine Panik, Jungs. Mein Mann wollte nur einen Scherz machen.«

Daraufhin zeigten die zwei ein gequältes Lächeln.

»Nun sagt schon: Um was geht es bei dieser Spendenaktion?« Ich wollte die Angelegenheit schnell hinter mich bringen, da mein Magen immer lauter knurrte.

22. Rätsel-Krimi

»Es geht um Leseförderungsprojekte für Grundschüler. Studien haben gezeigt, dass immer weniger Schüler freiwillig ein Buch in die Hand nehmen.«

»Aha, und mit dem gesammelten Geld wollt ihr gute Bücher für Schüler kaufen?«

»Nein, wir doch nicht. Hier handelt es sich um eine deutschlandweite Sammelaktion. Mit den Spenden werden Veranstaltungen in Büchereien und Schulen finanziert. Die Schirmherrschaft für dieses Projekt hat der Bundeskultusminister übernommen.«

»Das ist doch prima«, meinte Stefanie. »Los, Reiner, zück endlich deinen Geldbeutel.«

Mir ging das alles irgendwie zu schnell. »Könnt ihr euch durch ein offizielles Schreiben als Sammelberechtigte ausweisen?«

Einer der beiden zog ein Schriftstück aus seiner Jackentasche und hielt es mir entgegen. »Selbstverständlich, die Sammelaktion ist genehmigt und legal.«

Auf dem Schreiben fiel mir sofort der Bundesadler auf. Darunter stand in großen Buchstaben ›Bundesminister für Kultur‹. Ich las den Brief sehr genau durch, was meine Frau für reichlich übertrieben hielt. Der Minister übernahm, wie die beiden bereits gesagt hatten, die Schirmherrschaft der Sammelaktion für das Leseförderungsprojekt. Sogar die Namen der Sammler wurden genannt. Langsam wurde es Stefanie zu bunt.

»Was ist jetzt, spendest du?«, fragte sie ungeduldig.

»Nein«, antwortete ich und behielt dabei die Jugendlichen im Blick. »Ich informiere besser meine Kollegen, damit diesem Spendenbetrug ein Ende gesetzt wird.«

Lösung: 22. Rätsel-Krimi

Frage: Was war Reiner Palzki aufgefallen?

Es gibt keinen Bundeskultusminister, da Kulturangelegenheiten Ländersache sind.
Bemerkung: Bundesministerien (und andere) übernehmen tatsächlich manchmal die Schirmherrschaft für Spendenaktionen.

23. Rätsel-Krimi

PALZKI UND DER MINIFAHRER

Es hätte so ein schöner Tag werden können.

Nur noch wenige Wochen dann würde endlich mein verdienter Sommerurlaub beginnen. Ich freute mich darauf, mit meiner Frau und den Kindern Paul und Melanie wieder einmal stundenlang auf der Autobahn im Stau stehen zu können. Nicht genug, am Ziel angekommen würde ich dann die schweren Koffer über unwegsames Gelände wuchten müssen, weil die Straße vor der gemieteten Ferienwohnung just zu dieser Zeit wegen Kanalarbeiten aufgerissen wurde. Der Rest des Urlaubs würde sicherlich angenehmer werden. Jedenfalls dann, wenn es uns gelänge, die unterschiedlichen Interessen der Familienmitglieder unter einen Hut zu bringen. Den Vorschlag zum Besuch einer historischen Altstadt durfte man heutzutage seinen Kindern nicht mehr unterbreiten. Zu groß war die Gefahr, dass sie sofort einen Antrag auf Entmündigung ihrer Eltern stellten. Na ja, es konnte auch ganz schön sein, im Freien genüsslich ein Bier zu trinken, während die Kinder von morgens bis abends den elterlichen Geldbeutel strapazierten und ohne Pause mit der Sommerrodelbahn fuhren.

Diese Gedanken schwirrten mir spätabends durch den Kopf. Längst war Feierabend und ich lag mehr oder weniger zufrieden auch der Couch. Nur noch einmal würde ich mich an diesem Abend aufraffen müssen, um die wenigen Meter bis ins Schlafzimmer zu überwinden.

23. Rätsel-Krimi

Leider kam es wieder einmal ganz anders. Dass mein Telefon nach 22 Uhr klingelte, war alles andere als alltäglich. Der Anrufer forderte meine sofortige Anwesenheit auf der Dienststelle. Keiner meiner Kollegen sei erreichbar und die wichtige Vernehmung wäre unter anderem wegen Fluchtgefahr unaufschiebbar, da einer der beiden Zeugen aus England komme.

Bei den Kollegen der Schutzpolizei angekommen, wurde ich über die aktuelle Lage informiert. Am Ortsausgang Otterstadt, in Richtung Kollerinsel, war ein älterer Herr, der spazieren ging, von einem Autofahrer in einem Mini mit einer Pistole bedroht worden.

»Ich war auf dem Rückweg, es waren nur noch wenige hundert Meter bis zum Ortsschild«, berichtete der rüstige Senior. »Da kam dieser Kerl aus dem Ort gebraust. Als er mich sah, bremste er, bedrohte mich durch das offene Fenster der Fahrerseite mit einer Waffe und rief: ›Geld her!‹. Glücklicherweise kam gerade in diesem Moment aus Richtung Kollerinsel ein Mercedes. Der Minifahrer gab Gas und flüchtete.«

Ich fragte ihn: »Haben Sie das Gesicht des Mannes, das Nummernschild oder etwas anderes Wichtiges erkennen können?«

»Nein, es war bereits sehr dunkel und der Fahrer trug eine Art Sturmmaske. Ich konnte nur sehen, dass er allein im Wagen saß und dass es sich um einen dunklen Mini handelte.«

Die Kollegen der Schutzpolizei hatten schnell gehandelt und waren sofort die Landstraßen zur Kollerinsel und zum Binsfeld abgefahren. Dummerweise waren zu dieser späten Stunde gleich zwei Minifahrer in der Gegend unterwegs. Der erste hieß Franz-Joseph Niederschlagen und war 32 Jahre alt. Er wirkte gefasst, als ich ihn zur Befragung holte.

»Wie lange wird das dauern, Herr Kommissar?«, fragte er mich freundlich, aber bestimmt.

»Das kommt darauf an, wie unser Gespräch verläuft«, antwortete ich. »Haben Sie den Mann bedroht?«

»Welchen Mann? Ich weiß von nichts. Mit was soll ich ihn bedroht haben? Mit meinem Wagen? Das ist nämlich ein nagelneuer Mini, er ist nicht einmal richtig eingefahren.«

»Warum waren Sie zu so später Stunde unterwegs?«

»Ich war am Rheinufer spazieren, das mache ich regelmäßig, ist gut für meine Nerven.«

Bevor der zweite Verdächtige hereingeführt wurde, teilte man mir mit, dass bisher weder die Waffe noch die Sturmhaube gefunden wurde.

»Marc Power, nice to meet you«, stellte sich der Engländer vor und verbeugte sich übertrieben.

»Können wir uns bitte in deutscher Sprache unterhalten, Herr Power?«, blockte ich ab.

»Okay, well, ja klar. Was wollen Sie wissen von mir? Ich habe nichts getan in Ihrem Land.«

»Erzählen Sie mir, was Sie auf der Kollerinsel gemacht haben. Wohin waren Sie mit Ihrem Mini unterwegs?«

Er brauchte einen Moment, um den Inhalt meiner Frage zu verstehen. »Ah, well, ich bin gekommen vor zwei Tagen direkt aus London mit meinem Wagen. Ist schon fast ein Oldtimer. Ich wollte besuchen einen Bekannten in Brühl

23. Rätsel-Krimi

und fahren mit der Fähre. Da die Fähre nicht in Betrieb war, habe ich gewendet, um zu fahren wieder zu meiner Pension nach Otterstadt. Dann hat angehalten die Polizei mich.«

Ich gab mich mit dieser Aussagen zufrieden und schickte Power hinaus. In meinem Kopf spielte ich die Situation nach und siehe da: Nur einer der beiden kam ernsthaft als Täter infrage.

Frage: Was ist Reiner Palzki aufgefallen? Wer von den beiden Verdächtigen ist der Täter?

23. Rätsel-Krimi

Lösung: 23. Rätsel-Krimi

Da das Opfer berichtete, dass der Täter allein war und aus der Fahrerseite geschaut hat, kommt nur der deutsche Minifahrer in Betracht. Der englische Mini hat sein Lenkrad rechts, was dem Opfer bestimmt aufgefallen wäre.

24. Rätsel-Krimi

MORD IM WALD

Es hätte so ein schöner Tag werden können.

Niemand konnte mir vorwerfen, ich interessierte mich nicht für die heimische Flora und Fauna. Ich kannte seit geraumer Zeit sogar den Unterschied zwischen den beiden Begriffen. Als Eselsbrücke diente mir der Beruf der Floristin. Wenn mir meine Frau Stefanie manchmal vorwarf, ich könnte beispielsweise Fichte und Eiche nicht auseinanderhalten, erwiderte ich in möglichst ernsthaftem Ton, dass dies eine Fangfrage sei und Fichte und Eiche dasselbe Gewächs wären, wie doch wirklich jedes Kind wusste. Nach jedem dieser augenzwinkernden Streitgespräche nahm ich mir vor, bei nächster Gelegenheit in einem Buch nachzuschlagen. Dass es sich bei einer Fichte um einen Nadelbaum handelte und bei einer Eiche um ein, äh, also, nicht um einen Nadelbaum handelte, wusste ich gerade noch. Was wollte ich mehr? Überflüssiges Detailwissen brachte mich im Leben nicht weiter. Die beiden Bäume zu unterscheiden, war Aufgabe der Förster. Von einem gewöhnlichen Bürger verlangte schließlich auch niemand, dass er die geheimen Tricks der Kripobeamten kannte, um die zahlreichen Verbrecher zur Strecke zu bringen. Jeder war ein Fachmann auf seinem Gebiet. Man musste allerdings aufpassen, kein Fachidiot zu werden. Ein paar wenige Interessengebiete neben Beruf und Familie waren sicherlich von Vorteil. Ich zum Beispiel wusste, dass die Abkürzung ›FFF-VP‹ für den Fast-Food-Führer Vorderpfalz stand,

24. Rätsel-Krimi

eines meiner Lieblingsbücher. Für die Verbrechensbekämpfung war dieses Wissen nicht nötig, für mein persönliches Wohlbefinden dagegen schon.

Selbstverständlich demonstrierte ich gelegentlich meine Naturverbundenheit. Jahr für Jahr in der Adventszeit holte ich den übergroßen Kunststofftannenbaum vom Speicher.

Doch wie es manchmal so war, musste ich mich just an solch einem Tag auch noch in einen Wald begeben. Hagen Strohmaier, einer der zweifelhaftesten Typen unserer Region, war gewaltsam dahingeschieden. Die Spurensicherung war bereits vor Ort, als ich auf einer kleinen Lichtung auf der Ludwigshafener Parkinsel ankam. Der kühle Schatten der Bäume tat mir zugegebenermaßen gut. Strohmaier, der mehr als die Hälfte seiner bisherigen Lebenszeit hinter verschlossenen Türen verbracht hatte, lag im Gras. Aus seinem Brustkorb ragte ein Wurfmesser.

»Aus welcher Entfernung wurde das Ding geworfen?«, fragte ich den anwesenden Notarzt.

»Geworfen? Das Messer steckt bis zum Heft im Körper. Die Tatwaffe wurde ihm aus allernächster Nähe frontal ins Herz gestoßen. Der gute Mann war sofort tot.«

»Guter Mann?«, antwortete ich. »Na ja.« Ich sah mich um. Strohmaier ging nie ohne seine vierbeinige Kampfmaschine vor die Tür. Im Laufe der Jahre war die Zahl seiner persönlichen Feinde geradezu explodiert. Die Gründe dafür konnte man nur zu gut nachvollziehen, und ein ums andere Mal mussten wir Polizeibeamte ihn aus gefährlichen Situationen retten.

›Am sichersten bin ich im Knast‹, sagte er einmal zu mir. Zwecks Personenschutz hatte er sich vor Jahren dann diese

Bestie angeschafft, die er auf den zweifelhaften Namen Biene Maja taufte. Nun war er tot, und das wenige hundert Meter von seinem Wohnhaus entfernt. Ein Beamter riss mich aus meinen Gedanken.

»Herr Palzki, wir haben Zeugen.« Er zeigte auf zwei Männer, die es in Sachen Zwielichtigkeit mit Strohmaier durchaus aufnehmen konnten.

»Wir waren es nicht«, riefen sie im Chor.

»Langsam, einer nach dem anderen.« Ich winkte einen der beiden heran. »Wer sind Sie?«

»Ich bin der Hansi und bin mit Hagen und Georg zusammen spazieren gegangen.«

»So, so. Spazieren gegangen.«

»Na ja«, verbesserte sich Hansi. »Hagen hat uns ein Angebot gemacht, darüber wollten wir in Ruhe nachdenken. Hagen spielte in der Zwischenzeit mit seinem Wurfmesser im Wald herum. Als ich mit Georg über Hagens Angebot diskutierte, haben wir uns gestritten und sind in unterschiedliche Richtungen davongegangen. Kurz danach stolperte ich fast über Hagen, der tot auf dem Boden lag. Reflexartig griff ich nach dem Messer, ließ es dann aber doch stecken.«

Nun mischte sich Georg ein. »Herr Kommissar, das kann ich nur bestätigen. Ich kam gerade dazu, als Hansi das Messer in der Hand hielt. Er erschrak, als er mich bemerkte.«

»Ich war's nicht«, schrie Hansi.

»Bleiben Sie doch ruhig, meine Herren«, bat ich. »Warum war ihr Freund ohne seinen Hund unterwegs?«

Georg wusste die Antwort: »Er wollte Messerwerfen

Lösung: 24. Rätsel-Krimi

üben, dabei konnte er Biene Maja nicht gebrauchen. Angst brauchte Hagen keine zu haben, schließlich waren wir in seiner Nähe.«

»Das hat sich wohl als Fehleinschätzung herausgestellt«, sagte ich sarkastisch und wandte mich an einen der Spurensicherer.

»Konnten Sie etwas feststellen?«

Der Angesprochene schüttelte den Kopf. »Am Messer sind nur Fingerabdrücke von diesem Hansi. Ansonsten konnten wir auch in der Umgebung bisher keine weiteren Spuren finden.«

»Macht nichts«, entgegnete ich, »für mich kommt sowieso nur eine Person als Täter infrage.«

Frage: Wer hat Hagen Strohmaier getötet?

Es war Georg. Da auf dem Messer keine Fingerabdrücke des Opfers zu finden waren, musste das Messer nach der Tat abgewischt worden sein. Warum sollte Hansi das tun, wenn er gleich danach wieder nach dem Messer greift?

25. Rätsel-Krimi

KPD UND DER ANRUF AUS AMERIKA

Das Pferd muss schwitzen und nicht der Reiter.
Eine Klimaanlage gehörte zur Grundausstattung des Büros eines jeden Dienststellenleiters. Ich war sehr überrascht, als ich letzten Oktober zur Kriminal- und Schutzpolizei Schifferstadt als Leiter derselbigen versetzt wurde und keine Aircondition vorfand. Überhaupt war das Büro recht spartanisch ausgestattet. Unmöglich, in diesem Raum repräsentativen Aufgaben nachzukommen. Wie ich nach einer Weile erfuhr, hatte mein Vorgänger Wert darauf gelegt, mit den gleichen Arbeitsmitteln wie seine Mitarbeiter auszukommen. Da musste ich schallend lachen! So konnte man mit seinen Untergebenen nicht umgehen, da litt nicht nur die Autorität und der Respekt. Ich war schließlich mit dem Anspruch angetreten, jederzeit ein guter Chef zu sein. Eine effiziente Mitarbeiterführung nach dem System ›kurze Leine‹ war heutzutage unabdingbar.

In den ersten Wochen hatte ich, streng nach Prioritätenplan, mein Büro etwas geschmackvoller einrichten lassen. Einen Schreibtisch aus Mahagoni mit Einlegearbeiten in der Tischplatte für die wichtigen Standardaufgaben, die in dieser Dienststelle nicht delegierbar waren; einen zweiten aus wertvollem achtfachlackiertem Teakholz für die geistige Arbeit sowie als geschmackvolle Unterlage für die Lachsbrötchen, die ich mir zweimal täglich gönnte. Warum sollte ich meinen Gaumen nicht etwas verwöhnen, während ich mir neue Taktiken und Strategien ausdachte?

25. Rätsel-Krimi

Die Ledercouch dagegen passte farblich nur ungenügend zu den Satinvorhängen. Nun ja, da musste ich halt noch mal den Etat bemühen, bestimmt ließ sich dafür an anderer Stelle sparen. Vielleicht konnte ich meine Untergebenen davon überzeugen, dass sie die Benzinkosten selbst zahlten, wenn sie Streife fuhren. Dann würden auch weniger unnötige Fahrten anfallen und die Bürger fühlten sich seltener belästigt. Damit würde ich zwei Fliegen mit einer Klappe schlagen.

Nachdem mein Büro in einer ersten Ausbaustufe fertig war, fertig wurde ein Chefbüro ja nie, konnte ich die Mitarbeiterführung angehen. Ich führte eine wöchentliche große Lagebesprechung ein, bei der ich über die Ziele der Woche referierte, und, was ein weiteres Novum war, mein selbstentwickeltes Statistiksystem zur ständigen Querkontrolle des bereits Erreichten.

Leider lief es an meiner Dienststelle noch nicht so rund, wie ich es gerne gehabt hätte. Es gab da Mitarbeiter, die sich wohl zu sehr an das Lotterleben vor meiner Zeit als guter Chef gewöhnt hatten. Insbesondere der Kriminalhauptkommissar Reiner Palzki war solch ein Kandidat. Ideenlos tat er stets nur Dienst nach Plan und nutzte jede Gelegenheit, im Außendienst zu ermitteln. Dass man heutzutage die wirklich harten Fälle am Schreibtisch durch Nachdenken löste, war bisher nicht bis zu ihm durchgedrungen. Und erst sein Büro: Dort lagerte die Grundausstattung einer ordinären Pizzeria, so viele Kartons hatte ich noch nie auf einem Haufen gesehen. Aber egal, er war ja sowieso meist nicht im Haus. Dann verrannte er sich in einer Ermittlungssache, wurde nicht selten durch seinen unüberlegten Übereifer verletzt und verursachte jedes Mal ein Chaos sondergleichen. Statt einem oder maximal zwei Verdächtigen präsentierte er zum Schluss stets eine ganze Armada an möglichen Tätern mit den abstrusesten Motiven. Dietmar Becker, unser Polizeireporter, schrieb zum Schluss einen Regionalkrimi über Palzkis peinliche Auftritte. Allein dies zeigte deutlich, dass Ermittlungssachen, in denen Palzki involviert war, skurril und unrealistisch durchgeführt wurden. Ansonsten könnte man darüber keinen Krimi schreiben.

Nur durch mein beherztes Eingreifen wurden die Fälle jedes Mal gelöst. Auch wenn Palzki meinte, ich würde ihm seinen Erfolg wegschnappen und die Aufklärung des Falls als die meinige verkaufen, was natürlich Quatsch war. Wenn es mir zu lange dauerte, schnappte ich mir die Ermittlungsakte, strich alles heraus, was von Palzki kam, und siehe da: Durch logisches Kombinieren fand ich den Täter. Palzki musste ihn nur noch festnehmen. Aber sogar das ging bereits ein paarmal fast schief.

Da Palzki gegenüber meiner Ratschläge resistent zu sein schien, hatte ich mir vorgenommen, mit ihm gemeinsam einen Fall zu lösen. Nichts Großes für den Anfang, ich wollte meinen Untergebenen nicht gleich überfordern.

Die Gelegenheit kam, als sich Elfriede Kurzbügel, eine alte Bekannte, die ehrlich gesagt noch gar nicht so alt war, bei mir meldete.

»Hallo, Klaus, gut, dass ich dich erreiche. Ich bräuchte dringend deine Hilfe.«

Ich versprach ihr, so gegen 17 Uhr vorbeizukommen und einen Mitarbeiter mitzubringen. Dann lernte Palzki

25. Rätsel-Krimi

gleich, dass ein Polizeibeamter nicht immer pünktlich Feierabend machen konnte.

Elfriede und ihr Mann Egon waren weitläufige Bekannte, die ich seit mehreren Monaten nicht mehr gesehen hatte. Die beiden hatten sich vor ein paar Jahren mit einem Import-Export-Geschäft selbstständig gemacht. Das Unternehmen schien zu florieren, denn bereits nach kurzer Zeit war das Ehepaar in einen luxuriösen Bungalow nach Böhl gezogen.

Elfriede begrüßte uns mit finsterer Miene und führte mich und Palzki sogleich in ihr Büro. »Klaus, ich hoffe, du kannst mir helfen. Ich glaube, mein Mann betrügt mich.«

Ich blickte sie skeptisch an. »Das tut mir sehr leid, aber wie ich kann ich dir dabei helfen? Ich bin ja eher für Mord und Totschlag verantwortlich, äh, zuständig.«

»Ich weiß«, antwortete Elfriede. »Ich habe dich nicht in deiner Eigenschaft als Dienststellenleiter angerufen, sondern wegen deiner Begabung, selbst die rätselhaftesten Fälle zu lösen. Ich dachte, da könntest du mir helfen?« Elfriede legte all den Charme, den eine Frau nur bieten konnte, in ihren Blick.

»Okay«, sagte ich. »Dann lass mal hören.«

Elfriede setzte sich auf eine Ledercouch und bot uns ebenfalls einen Platz und etwas zu trinken an. »Egon ist seit Monaten fast permanent in der Weltgeschichte unterwegs. Angeblich hat er ständig Termine mit neuen Lieferanten.«

»Das ist doch schön, wenn das Geschäft so brummt.«

»Ja, wenn man es glaubt. Ich kann es nicht beweisen, aber ich habe den Verdacht, dass da etwas nicht stimmt. Er wird mich bald aus Los Angeles anrufen, ich wäre dir wirklich sehr verbunden, wenn du mit ihm reden würdest.«

Was sollte ich in dieser Situation machen? Also wartete ich mit Elfriede darauf, dass das Telefon klingelte, und erklärte in der Zwischenzeit Palzki meinen Plan.

Bald darauf war es so weit.

Egon war sehr erstaunt, als er mich statt seiner Frau am Apparat hatte. »Hallo, Klaus, das freut mich aber, von dir zu hören. Wenn ich wieder zu Hause bin, sollten wir unbedingt gemeinsam Essen gehen. Leider bin ich in letzter Zeit viel in der Welt unterwegs. Gestern war ich bei Freunden in Hollywood, vorgestern habe ich den Griffith Park bewundert und in Malibu habe ich ebenfalls neue Kontakte knüpfen können. Täglich habe ich jede Menge Geschäftstermine zu bewältigen. Sage bitte meiner Frau, dass ich noch vier oder fünf Tage länger bleiben muss. Ich habe jetzt leider keine Zeit mehr, denn ich muss mich schnell noch für das Abendessen mit wichtigen Geschäftspartnern umziehen.«

Und schon war die Verbindung unterbrochen. Elfriede stand nervös von der Couch auf. »Und? Was hat er gesagt?«

Ich überlegte einen Moment, um die richtigen Worte zu finden. »Er hat mir berichtet, dass er in Los Angeles ist, und gesagt, dass er noch ein paar Tage bleiben muss. Doch wie du bereits vermutet hast, bin ich mir sicher, dass Egon gelogen hat.«

Mit einem Blick zu Palzki ergänzte ich: »So einfach löst man schwierige Fälle, Herr Palzki!«

Frage: Was ist Klaus Diefenbach aufgefallen?

Lösung: 25. Rätsel-Krimi

Der Anruf erfolgte gegen 18 Uhr mitteleuropäischer Sommerzeit. In Los Angeles war es dagegen erst 9 Uhr vormittags. Daher kann die Aussage von Egon, er müsse sich fürs Abendessen fertig machen, nicht stimmen.

FALL 26: DER UNSICHTBARE DRITTE

Es hätte so ein schöner Tag werden können.
Bei uns in der Kriminalinspektion gab es in Sachen Verbrechensbekämpfung zurzeit nicht viel zu tun. So konnten sich meine Kollegen und ich mit Routineaufgaben und sonstigen Schreibtischarbeiten befassen, die wir ständig vor uns herschoben. Während sich Gerhard in der Datenbank des Schifferstadter Einwohnermeldeamtes Passbilder weiblicher Personen geeigneten Alters anschaute und dabei eifrig Daten notierte, gestaltete Jutta in KPDs Auftrag am Computer die Einladungskarten für sein in Bälde stattfindendes einjähriges Schifferstadter Dienstjubiläum. Da es in unserer Gemeinde keine geeigneten Räumlichkeiten gab, hatte er den repräsentativen Spiegelsaal des Frankenthaler Congressforums gebucht. Den Etat für die geplante Mammutveranstaltung kratzte er aus diversen Schwarzgeldtöpfen der Inspektion zusammen. Seit er eine Bearbeitungsgebühr von zehn Prozent bei der Bargeldzahlung von Verwarnungsgeldern eingeführt hatte, waren die Töpfe sehr gut gefüllt.
Während Jutta sich künstlerisch betätigte, untersuchte ich, nachdem ich die Staubschicht vorsichtig entfernt hatte, meinen Posteingangsstapel. Umlaufakten, die vermutlich bereits mehrere Quartale auf meinem Schreibtisch lagen, unterzeichnete ich ungelesen und schob sie in den Ausgangskorb. Durch diese effiziente Arbeitsweise kam ich recht schnell voran. Diverse Dienstanweisungen von KPD,

26. Rätsel-Krimi

die hin und wieder im Stapel auftauchten, ignorierte ich. Meine Kollegen würden mir schon sagen, wenn mal etwas Wichtiges dabei war. Ein Notizzettel mit dem Rückrufwunsch meiner Frau, vom Empfang vor etwa zwei Monaten datiert, brachte mich ins Grübeln. Gleich heute Abend würde ich Stefanie fragen, ob es etwas Wichtiges gewesen war.

Nicht alles lief so glatt an diesem Tag. Unser Chef Klaus Pierre Diefenbach war kurz davor, in der Vorderpfalz das Verbrechen für ausgestorben zu erklären. Was bei den Pocken weltweit funktionierte, sollte bei Mördern regional auch möglich sein, meinte er voller Stolz mit dem Hinweis auf unsere 100-prozentige Aufklärungsquote bei Kapitalverbrechen in den letzten Monaten. Wir konnten ihn gerade noch vor diesem Schritt bewahren. Was wäre, wenn die Kollegen im Polizeipräsidium das mitkriegen würden? Eine Versetzung in den Streifendienst käme uns wirklich nicht sehr gelegen. Mit einem Kniff überzeugten wir KPD, dass es sich bei den aufgeklärten Verbrechen nur um die tatsächlich entdeckten handelte. Wie in Polizeikreisen allgemein bekannt, hatte aber jeder Bürger eine mehr oder weniger große Anzahl an Leichen im Keller liegen. Und diese galt es zu finden. Dennoch, eine gewisse Skepsis blieb bei KPD.

So waren Gerhard Steinbeißer und ich sehr froh, als endlich das Telefon läutete und ein neuer Fall aufzuklären war. Dieses Mal schien es sogar gefährlich zu werden.

Gemeinsam machten wir uns auf den Weg nach Birkenheide in den Birkenweg. Hier standen eine Menge alter Siedlerhäuschen, die im Laufe der Zeit mit Anbauten erweitert worden waren. Wie man uns telefonisch mitgeteilt hatte, war Herr Steffen Ostermayr, ein passionierter und bekannter Golfspieler mit Handicap vier, in seinem Haus überfallen worden. Ein Streifenbeamter, der sich vor dem Siedlerhäuschen aufhielt, wies uns ein. »Das Anwesen ist weiträumig umstellt. Wir warten auf das Spezialeinsatzkommando, denn unter Umständen befindet sich der Täter noch im Haus.«

»Und das dauert wieder«, schnaufte ich verärgert mit einem Blick auf die Uhr. »Was ist denn eigentlich genau passiert?«

Der Beamte, den wir nur vom Sehen kannten, berichtete: »Als es an der Tür läutete, öffnete Herr Ostermayr, ohne vorher durch den Türspion zu schauen. Er wurde sofort in die Wohnung gedrückt und kurz darauf in der Toilette eingeschlossen. Ostermayr konnte durch die Tür hören, wie seine Wohnung durchsucht wurde. Es gelang ihm, sich durch das enge Toilettenfenster zu zwängen und zu fliehen. Auf der Straße standen gerade ein paar Nachbarn, die dann sofort die Polizei gerufen haben. Ihren Beobachtungen nach zu urteilen, hat seitdem keine Menschenseele das Grundstück verlassen.«

»Und was ist mit dem Garten auf der Rückseite des Hauses?«, meinte ich mit einem weiteren nervösen Blick auf die Uhr.

»Unwahrscheinlich, dort ist alles total zugewuchert und dazu recht hoch eingezäunt. Wir gehen daher davon aus, dass sich der Täter noch im Haus befindet.«

Zwei Stunden würde das SEK bestimmt benötigen, überlegte ich. Auf der Dienststelle war mein Schreibtisch

26. Rätsel-Krimi

erst halb aufgeräumt, außerdem hätte ich unter normalen Bedingungen in einer Stunde meinen wohlverdienten Feierabend.

»Komm mit, Gerhard«, sagte ich zu meinem Freund und betrat das Siedlerhäuschen. Gut, ein bisschen mulmig war mir schon in der Magengegend, aber da musste ich durch. Vom Flur aus sahen wir die Toilettentür, in der der Schlüssel steckte. Langsam und hoffentlich unbemerkt schlichen wir weiter. Die Tür des nächsten Zimmers stand offen. Ich wollte gerade hineingehen, als ich zum Glück ein nicht unwichtiges Detail bemerkte. Ich gab Gerhard mit Handzeichen zu verstehen, dass er mir zurück ins Freie folgen sollte.

»Was ist los?«, fragte er mich, als wir kurz danach wieder auf der Straße standen.

»Wir warten besser aufs SEK, der Typ ist wirklich noch im Haus.«

Frage: Woran erkannte Palzki, dass sich in diesem Zimmer jemand aufhielt?

26. Rätsel-Krimi

Lösung: 26. Rätsel-Krimi

Die Türklinke ist gedrückt. Es muss folglich jemand hinter der Tür stehen.

FALL 27: DER GATTINNENMÖRDER

Es hätte so ein schöner Tag werden können.

Meine Frau Stefanie meinte, ich hätte es an Weihnachten mal wieder maßlos übertrieben. Ich war da wie immer anderer Meinung. Sie hatte ja schließlich selbst ihren Anteil dazu beigetragen; warum hatte sie sich nicht einfach ein besseres Versteck für ihr Weihnachtsgebäck einfallen lassen? Ich war immerhin Kripobeamter. Gut, ich kann schon verstehen, dass sie ein klein wenig sauer war, weil ich die Leckereien bereits vor dem ersten Advent vernichtet hatte. Das Zeug wäre doch bis Weihnachten niemals frisch geblieben, argumentierte ich daraufhin. Und die Geschichte mit dem Sonderangebot war ja wohl absolut nachvollziehbar. Immerhin konnte ich bei Abnahme von 100 Päckchen Dominosteinen einen zusätzlichen Rabatt aushandeln. Der Supermarkt war froh, die Weihnachtsware losgeworden zu sein, und ich konnte mich über mehrere Kilogramm Dominosteine freuen. Alles war bestens, nur am Schluss mussten ein paar dieser Dinger schlecht gewesen sein. Stefanie hatte kein Mitleid mit mir und ließ mich in meiner Qual allein. Das waren die schlimmsten Weihnachten seit Langem! Es dauerte eine knappe Woche, bis mein Magen wieder halbwegs seinen Aufgaben gerecht werden konnte.

Zwecks Bestrafung und Unterstützung meiner Genesung tischte mir meine Frau so leckere Sachen wie Haferschleim mit Karottengemüse auf, dazu gab es literweise Kamillentee. Heimlich schaute ich im Internet nach, ob

27. Rätsel-Krimi

etwas davon auf irgendwelchen Listen verbotener Substanzen stand. Überrascht musste ich feststellen, dass Grießbrei eine große Fangemeinde zu haben schien und es sogar Rezeptsammlungen zu diesem grauenvollen Zeug gab, das den Gaumen verstopfte und die Speiseröhre quälte. Paul und Melanie waren in dieser Zeit stocksauer auf mich, mussten sie doch ebenfalls die gesundheitsfördernden Kochkreationen essen.

Nun war Weihnachten vorbei, meine Magen-Darmgeschichte überstanden und das alte Jahr Geschichte. Ich freute mich sehr darauf, endlich mal wieder zur Arbeit gehen und mich richtig auszuruhen. Bestimmt könnte ich meine Kollegen überreden, in der Mittagspause den Pizzaservice anrollen zu lassen. Ich würde mir eine Familienpizza bestellen.

Normalerweise hatten Mörder und andere Verbrecher in den ersten Wochen des Jahres Gnade mit uns Kripobeamten, doch dieses Mal war es anders. Ich saß mit meinen Kollegen Gerhard Steinbeißer und Jutta Wagner bei einer allgemeinen Lagebesprechung und wir erzählten uns von den Erlebnissen der Urlaubszeit. Dabei futterten wir das von Jutta mitgebrachte Weihnachtsgebäck, das wirklich vorzüglich mundete. Ein Beamter kam atemlos in den Besprechungsraum gestürmt und teilte uns mit, dass ein Herr Willibald Zeiskam seine Frau tot aufgefunden habe und der Fall in unsere Zuständigkeit falle. Bevor er den Raum verließ, griff er gierig in die Gebäckschale.

Zusammen mit Gerhard fuhr ich zur Wohnung des Ehepaars Zeiskam nach Ruchheim. Das Mehrfamilienhaus, dessen Fassade erst kürzlich renoviert worden war, offenbarte in seinem Innern eine einzige, über mehrere Stockwerke reichende Luxusbehausung. Den ehemaligen Mietblock hatte man entkernt und ein neues, supermodernes Inneres verpasst. Die Spurensicherung hatte erst vor wenigen Minuten die Arbeit aufgenommen. Die Leiche lag auf dem Boden im Flur und war mit einem Pelzmantel bekleidet. Die Stirn der Toten offenbarte die Todesursache: Hier war das todbringende Geschoss eingedrungen. Im angrenzenden Wohnzimmer, das schätzungsweise Tennisplatzgröße hatte, herrschte Chaos. Hier hatten entweder Vandalen gehaust oder es war zumindest eine Herde Elefanten durchgerannt.

Willibald Zeiskam saß in der Küche und wurde ärztlich betreut. Bereitwillig gab er uns Auskunft: »Als ich heimkam, hab ich sie so vorgefunden. So wie es aussieht, hat sie einen Einbrecher überrascht.«

Ich stellte eine Zwischenfrage. »Wo war Ihre Frau den Tag über? Sie trägt einen Mantel.«

Zeiskam zuckte mit den Schultern. »Ich weiß nicht genau, tagsüber ging sie häufig shoppen, das war ihr liebster Zeitvertreib. Sie hatte da so ihre Lieblingsboutiquen, doch wo sie heute war, weiß ich nicht. Mal war sie nur zwei Stunden unterwegs, ein anderes Mal dauerten ihre Touren den ganzen Tag.«

»Wann haben Sie zuletzt mit Ihrer Frau gesprochen?«

Zeiskam brauchte nicht zu überlegen. »Heute Morgen, als ich losfuhr. Ich hatte einen geschäftlichen Termin und der Akku meines Handys war leider leer. Normalerweise telefoniere ich mehrfach am Tag mit meiner Frau, aber nun war das eben nicht möglich.«

Ich nickte. »Und als Sie vorhin heimgekommen sind, haben Sie Ihre Frau im Flur gefunden?«

Lösung: 27. Rätsel-Krimi

Zeiskam hob die Hände vor das Gesicht und schluchzte. »Ja, das habe ich Ihnen doch schon gesagt: Ich kam genau 20 Minuten nach meiner Frau zu Hause an. Doch da war sie bereits tot.«

Mein Kollege Gerhard machte sich eifrig Notizen. Das war mir wie immer sehr recht. Ich überlegte und kam schließlich auf die Lösung. »Wir können wieder gehen, Kollege. Und Herrn Zeiskam nehmen wir gleich mit. Denn er ist dringend tatverdächtig.« Ich blickte zu Zeiskam. »Ihre Lügen können Sie anderen auftischen.«

Frage: Woran erkannte Palzki, dass Zeiskam gelogen hatte?

Herr Zeiskam kam angeblich genau 20 Minuten nach seiner Frau zu Hause an. Wie konnte er das wissen, wenn er seinen Angaben zufolge an diesem Morgen zum letzten Mal mit ihr gesprochen hatte?

FALL 28: EINE VORGETÄUSCHTE ENTFÜHRUNG

Es hätte so ein schöner Tag werden können.

Endlich war es wieder März, es ging ›nauszus‹, wie man in unserer Region zu sagen pflegte. Dennoch, die wärmer werdenden Tage erwartete ich mit einem lachenden und einem weinenden Auge. Denn es würde nicht mehr lange dauern, dann ging es wieder mit der Schinderei im Garten los. Letztes Jahr hatte mir meine Frau Stefanie verboten, einen Sitztraktor zu erwerben. Und das trotz unserer riesigen, knapp 80 Quadratmeter messenden Rasenfläche. Ich solle ein bisschen an meinen Taillenumfang denken, sagte sie mir. Ich konnte das Argument zwar nicht nachvollziehen, verzichtete aber trotzdem auf den Kauf.

Auf eine andere Freilufttätigkeit hingegen freute ich mich: Bald würden wir zum ersten Mal in diesem Jahr grillen. Auch wenn ich in der Küche mangels elementaren Grundkenntnissen wahrlich keine Hilfe war, am Holzkohlengrill stand ich meinen Mann. Es war zwar nicht mehr ganz so einfach wie früher, als Stefanie noch nicht von mir verlangt hatte, neben den leckeren und fetttriefenden Bratwürsten auch gefüllte Zucchini und weitere seltsame Sachen auf den Grill zu legen. Gemüse und Grillen, welch Widerspruch in sich. Solange dies aber nicht gesetzlich verboten war, stand ich mit meiner Meinung mehr oder weniger allein da. Selbst meine Kinder verweigerten mir bisweilen ihre Unterstützung, da sie Pizza und Pommes lieber moch-

28. Rätsel-Krimi

ten als Papas gegrillte Spezialitäten. Hatte ich Paul und Melanie essenstechnisch gesehen zu sehr verwöhnt?

Bis zum offiziellen Angrillen in unserer Grillecke würde es noch Tage dauern. Momentan saß ich im Büro und tagträumte von einer besseren Welt und einer Pizza Vier Jahreszeiten, als das Telefon klingelte. Ich nahm ab.

»Schwalbacher«, meldete sich ein Kollege. »In der Entführungssache Hagenmüller sind wir weitergekommen, kannst du mal vorbeischauen? Wir sind im Haus der Familie.«

Ich erhob mich und machte mich auf den Weg nach Dannstadt. Gestern war der Handwerksmeister Dietmar Hagenmüller nebst Ehefrau entführt worden. Dies behauptete jedenfalls deren Sohn Helge, der angeblich einen Anruf der Entführer erhalten hatte. Es hatte sich um ein sehr kurzes Telefonat gehandelt, bei dem die Entführer keine Forderungen gestellt hatten. Meine Kollegen und ich waren bei dieser Sache sehr unsicher, war Helge doch schon mehrfach wegen Betruges eingesessen. Und sein Vater hatte in der Vergangenheit eidesstattliche Erklärungen über sein Vermögen abgeben müssen.

Der stets ungepflegt wirkende Helge Hagenmüller begrüßte mich an der Haustür. Er schien fast fröhlich zu sein. »Mein Vater konnte fliehen, Herr Palzki. Jetzt müssen wir nur noch meine Mutter finden.«

Im Wohnzimmer saß das Entführungsopfer und wurde gerade von einem Arzt untersucht. Dieser schien mit der Konstitution seines Patienten zufrieden zu sein. »Sie dürfen ihm Fragen stellen, Herr Kommissar. Er hat die Sache sehr gut weggesteckt.«

28. Rätsel-Krimi

Hagenmüller senior berichtete: »Beim Abendspaziergang wurden wir von drei maskierten Personen in einen geschlossenen und fensterlosen Kastenwagen gezerrt. Wir hatten nicht die geringste Chance. Bis heute Morgen war ich allein ohne meine Frau in einem Kellerraum oder so etwas Ähnlichem eingesperrt.« Er holte ein paarmal tief Luft und erzählte weiter: »In meinem fensterlosen Verlies hing nur eine kleine Funzel von der Decke. Zum Glück konnte ich irgendwann die Fesseln meiner Hände lösen, doch viel weiter brachte mich das nicht. Als ich herumsaß und nach einem Ausweg suchte, fiel mir ein, dass ich auf dem Kastenwagen ein seltsames Symbol gesehen hatte. In meiner Jacke fand ich einen Kugelschreiber und ein Stück Papier, darauf habe ich das Symbol gemalt. Hier ist es.« Er gab mir besagtes Blatt, das ich genau studierte. Dietmar redete weiter. »Heute Morgen haben die Entführer mich wieder in den Kastenwagen gesteckt und sind losgefahren. Als der Wagen im Wald kurz anhielt, konnte ich fliehen. Die hatten doch tatsächlich vergessen, die Tür abzuschließen.«

»Haben die Entführer das nicht bemerkt?«, fragte ich überrascht.

»Ich weiß nicht, Herr Kommissar. Ich rannte um mein Leben, Irgendwann bin ich dann auf einen Förster gestoßen, der sofort die Polizei informiert hat.«

»Und Ihre Frau? War die auch im Transporter?«

Hagenmüller schüttelte den Kopf. »Seit unserer Entführung habe ich sie nicht mehr gesehen. Ich habe keine Ahnung, wo sie ist.«

Ich schaute ihm lange und fest in die Augen. »Wo Ihre

28. Rätsel-Krimi

Frau im Moment steckt, weiß ich auch nicht. Aber dass Sie mir soeben eine fantasievolle Lügengeschichte aufgetischt haben, das weiß ich.«

Frage: Woran erkannte Palzki, dass Herr Dietmar Hagenmüller die Unwahrheit sprach?

28. Rätsel-Krimi

Lösung: 28. Rätsel-Krimi

Er behauptet, die Skizze mit dem Symbol nur mit einem Kugelschreiber angefertigt zu haben. Der Kreis des Symbols scheint allerdings mit dem Zirkel gezogen worden zu sein.

FALL 29: OBSERVATION

Es hätte so ein schöner Tag werden können.

Der Februar hatte es in sich, und zwar in jedem Jahr. An die Kälte konnte man sich ja mit ein bisschen gutem Willen noch gewöhnen, aber an die unsägliche Fasnachtszeit niemals. Leider teilten meine Kinder Melanie und Paul meine Abneigung gegen die fünfte Jahreszeit in keiner Weise. Und so musste ich sie auch dieses Jahr zur Kinderfasnachtsparty ins hiesige Pfarrheim bringen. Ich wollte die Kids dort abladen und sie drei Stunden später wieder einsammeln, doch meine Frau intervenierte: »Du kannst die beiden nicht einfach allein lassen! Wenn da etwas passiert!«

So kam es, dass ich den Abend mit grenzwertigen Spaßauftritten, Tanzeinlagen und debilen Fasnachtsliedern genießen durfte. Ich stand die meiste Zeit in meinem geliebten lilafarbenen Jogginganzug aus Ballonseide an der Bar. Den trug ich gelegentlich in den letzten 20 Jahren in meiner Freizeit, obwohl Stefanie ihn schon mehr als einmal in den Altkleidersack gesteckt hatte, woraus ich ihn jedes Mal retten konnte. Zu diesem Anlass passte er allerdings vorzüglich.

»Tolle Verkleidung« oder »Hm, mal was anderes«, waren nur wenige der Kommentare, die ich mir von erwachsenen Begleitpersonen anhören musste. Da sie mich mit meinem Namen ansprachen, wusste ich, dass ich sie ebenfalls kennen sollte, doch mein Personengedächtnis war dem eines Kripobeamten unwürdig.

Irgendwie war ich im Moment trotzdem froh, hier zu

29. Rätsel-Krimi

sein. Es war zwar laut und hektisch, draußen jedoch kalt und nass. Zwei meiner Kollegen observierten seit Freitagabend die Villa von Heribert von der Hasenpforte in Waldsee. Von der Hasenpforte hatte ernst zu nehmende Morddrohungen erhalten. Ich selbst war am Freitagnachmittag bei ihm gewesen und hatte mir die Hintergründe berichten lassen. Angeblich fühlten sich zwei seiner Geschäftspartner von ihm betrogen, Näheres darüber wollte er mir nicht verraten. Nachdem er in Todesangst um Polizeischutz gebettelt hatte, ließ ich zwei Beamte abkommandieren. Sie sollten, im Wechsel mit zwei weiteren Kollegen, die Villa rund um die Uhr bis Montag bewachen. Danach wollten wir weitere Maßnahmen einleiten. Auch eine Vernehmung der Geschäftspartner stand an.

Die Fasnachtsparty war irgendwann vorüber, genau so wie das Wochenende. Der Montag begann mit der unendlich langen und obligatorischen Lagebesprechung meines Vorgesetzten KPD, der sich mal wieder vor seinen kompetenten Mitarbeitern profilieren wollte.

Und so war es längst Mittagszeit, als mich der Anruf des Kollegen Meier erreichte. »Reiner, wir stehen uns vor der Villa die Füße in den Bauch, hier tut sich nichts. Selbst von diesem komischen Heribert ist nichts zu sehen.«

»Klar, der hat Mordsschiss«, antwortete ich. »Der hat sich in seinem Häuschen verbarrikadiert. Ich komm trotzdem gleich mal bei euch vorbei, sicher ist sicher.«

Eine knappe Viertelstunde später stand ich vor Meier, der mir berichtete: »Ich habe eben mit den Kollegen telefoniert. Weder die noch wir haben seit Freitag irgendjemanden die Villa betreten oder verlassen gesehen.«

29. Rätsel-Krimi

»Na, dann wollen wir mal schauen«, sagte ich und ging auf das mächtige Eingangsportal zu. Verwundert nahm ich zur Kenntnis, dass die Eingangspforte unverschlossen war. Mit dem Schlimmsten rechnend öffnete ich die Tür und dann sah ich ihn: Heribert von der Hasenpforte lag in der Eingangshalle seiner Villa. Die Bewegungslosigkeit des Alleinlebenden war dem großen Messer geschuldet, das in seinem Brustkorb steckte. Alles war voller Blut, er musste um sein Leben gekämpft haben. Zwei wahrscheinlich kostbare Vasen voller Hieroglyphen lagen zerbrochen in der Nähe des Opfers auf dem Boden, und selbst auf dem fünf Meter entfernten deckenhohen Spiegel klebten getrocknete Blutspritzer. Nachdem ich die Spurensicherung verständigt hatte, untersuchte ich den Tatort etwas näher. Auf einer Kommode lagen ein Feuerzeug, eine fast leere Schachtel Zigaretten, ein zerbrochener Korkenzieher in Walfischform und ein offenes Päckchen. Aus dem Päckchen lugten ein Plastikskorpion und eine kurze Nachricht hervor: ›Heute holt dich der Tod!‹.

Ein makabrer Scherz, dachte ich und betrachtete das ominöse Päckchen genauer. Es war am vergangenen Freitag in München abgestempelt worden, natürlich ohne Absender. Ich legte es beiseite, denn mir fiel etwas anderes ins Auge: Das Opfer trug Straßen- und Handschuhe. Ein Mantel lag neben der Leiche. Hatte der Hausherr seine Villa verlassen wollen und war dabei an der Haustür überrascht worden?

An dem Fall war irgendetwas faul. Und ich wusste auch, was es war.

Frage: Was ist Palzki aufgefallen?

Lösung: 29. Rätsel-Krimi

Laut dem Polizeibeamten wurde das Haus seit Freitagabend rund um die Uhr bewacht. Niemand sollte sich dem Haus genähert haben. Trotzdem liegt neben dem Toten ein Päckchen, das am Freitag aufgegeben wurde. Zumindest der Postbote muss folglich zwischenzeitlich im Haus gewesen sein.

30. Rätsel-Krimi

FALL 30: FRAU ACKERMANN SCHLÄGT ZU

Anmerkung: Ähnlichkeiten mit durchschnittlichen deutschen Familien sind rein zufällig.

Das müssen Sie sich mal vorstellen: Mein Mann, angeblich hat er mich aus Liebe geheiratet, gut, ich weiß, das ist jetzt schon bald 30 Jahre her, damals war er ja auch noch ein prächtiges Kerlchen, und so ein lustiges Muttermal hatte er am Unterarm, das hat mich damals fasziniert, unglaublich wie naiv ich war. Dass er geraucht hatte, störte mich nicht, da hat ja jeder Mann geraucht, das habe ich ihm aber abgewöhnt, und dann, äh, was wollte ich jetzt eigentlich sagen? Ach ja, also mein Mann, ich verstehe ihn nicht, er sagt zwar auch, dass er mich nicht versteht, aber das, was er macht, ist – ja, wie soll ich sagen? – also ziemlich komisch. Jeden zweiten Tag mäht er den Rasen, manchmal sogar wenn Schnee liegt. Dann ist er stundenlang draußen, das ist zwar gut, dann liegt er mir nicht im Weg herum. Habe ich schon erwähnt, dass er im Haus nur auf der Couch liegt und Fernsehen glotzt? Außer natürlich, wenn er aufs Klo muss. Am liebsten wäre ihm, wenn ich ihm das Essen zur Couch bringen würde. Ich muss mal mit dir reden, habe ich gestern zu ihm gesagt, denn so kann es nicht weitergehen. Er hat nur ängstlich mit den Augen gerollt und geantwortet: ›Was, noch mehr?‹

Und dann hat er ständig so rote Gummistopper in den Ohren, der Arzt hätte ihm das verschrieben, weil der Tinnitus sonst bluten würde, oder so ähnlich, hat er gesagt. Mein Mann war ein Fehlgriff, das merke ich immer mehr.

30. Rätsel-Krimi

Er redet so gut wie nie, hilft im Haushalt nicht, der einzige Vorteil, der bleibt, ist seine Rente. Und die ist mickrig, weil er Frührentner ist. Er wollte ja nicht, aber seine Firma wollte. Um alles muss man sich selber kümmern. Wenn ich nicht zweimal in der Woche im Haushalt von Romeo Rommelshausen für Ordnung sorgen würde, hätten wir viel weniger Geld. Dabei spare ich doch für einen gemeinsamen Urlaub, ich will seit Langem einfach weit weg. Vielleicht bis nach Frankreich oder in die Eifel. Aber das geht jetzt nicht mehr. Herr Rommelshausen ist nämlich tot. Aber nicht einfach so gestorben, wie es unsereiner macht, nein, der wurde eiskalt umgebracht. Und ich bin sogar ein wichtiger Zeuge. Ich habe den Toten nicht nur entdeckt, sondern auch unserem Nachbarn geholfen, Herr Palzki ist nämlich Krimineller bei der Polizei, ich weiß nicht, ob ich das schon gesagt habe. Herr Palzki kam an den Tatort. Zuerst ist er zwar erschrocken, als er mich gesehen hat – vielleicht lag es an meiner geblümten Kuttenschürze, ich weiß nicht genau –, dann hat er mir viele Fragen gestellt, und ich habe ausführlich geantwortet. Am Schluss habe ich unserem Nachbarn sogar einen Tipp gegeben. Vielleicht konnte er damit den Täter überführen. Aber mir verrät er ja nichts. Ich soll Stillschweigen bewahren und keinem Fremden von der Sache erzählen. Für wen hält er mich denn? Dass ich ein Schwatzweib bin und alles herumerzähle? Auch ich kann Geheimnisse für mich behalten.

Also, die Sache mit Herrn Rommelshausen war so: Am letzten Freitag war ich wieder bei Romeo Rommelshausen, dem gehört die RoRo-Fabrik in Maxdorf, er ist ein großes Tier dort. Um zwei Uhr mittags bin ich zum Einkaufen gegangen. Herr Rommelshausen saß wie meistens in seinem Garten. Da bringe ich ihm immer einen Kaffee raus, nur heute nicht, da habe ich ihm wegen seines Magens einen Kamillentee gemacht, hat er zwar noch nie getrunken, aber wenn's hilft. Dann hat er mich gebeten, dass ich ihm eine zweite Tasse bringe, da er Besuch erwartete. Natürlich habe ich gefragt, wer kommt, doch er hat mir nichts verraten.

Als ich zwei Stunden später zurückkam, da saß er tot auf seinem Rattansessel. Mausetot, einfach so. Zuerst habe ich gedacht, dass der Kamillentee vielleicht zu alt war. Dann habe ich die Polizei gerufen, weil er so komisch dagesessen hat. Und die haben einen Arzt geschickt. Als dann Herr Palzki kam und ich ihm eine kurze Einführung gab, wollte er mich gleich verhaften. Wegen Behinderung der Polizeiarbeit, sagte er. Erst als der Notarzt zu ihm gesagt hat, dass ich den Toten gefunden hab, beruhigte er sich. Warum haben Sie das nicht gleich gesagt, schimpfte er. Nichts anderes habe ich in der halben Stunde davor getan. Der Arzt hat dann gesehen, dass Herr Rommelshausen erdrosselt wurde. Herr Palzki meinte, dass ich da sowieso als Täterin nicht infrage käme, ich würde eine ganz andere Todesart wählen. Jedenfalls, auf dem Tisch standen zwei benutzte Tassen, eine Kanne, ein halb volles Päckchen Zigaretten und ein leerer Aschenbecher. Unter dem Rattansessel lagen zwei Tabletten. Aber keiner wusste, was das für Tabletten waren, und ich auch nicht, die hatte ich noch nie vorher gesehen.

Dann ging Herr Palzki in den Garten, wahrscheinlich um sich ein Bild von dem Anwesen zu machen. Auf dem rechten Nachbargrundstück, sicherlich 20 Meter entfernt, sah er einen jüngeren Mann beim Rasenmähen. Ich ging zu Palzki,

Lösung: 30. Rätsel-Krimi

er schaute zwar etwas mürrisch, sagte aber nichts, dann gingen wir bis zur Mauer und er rief nach dem Mann. Nachdem er sich vorgestellt hatte und ihm den Grund unserer Anwesenheit mitgeteilt hatte, wollte Palzki von ihm wissen, ob er vielleicht etwas Verdächtiges beobachtet habe.

»Was? Der alte Rommelshausen wurde ermordet? Und das in unserem Wohngebiet!« Er überlegte einen Moment. »In meinen Augen war er zwar ein Gauner, aber ihn gleich umbringen?«

Sichtlich genervt hakte Herr Palzki nach: »Haben Sie nun etwas gesehen oder nicht?«

»Na ja«, antwortete Rommelshausens Nachbar. »Ich habe noch nie sein Grundstück betreten, denn wir mochten uns nicht sonderlich. Zufällig habe ich aber heute Mittag gesehen, wie er mit jemandem auf seiner Terrasse Kamillentee getrunken hat. Beschreiben kann ich Ihnen diesen Mann allerdings nicht, denn ich hielt den Besuch für bedeutungslos. Haben Sie noch weitere Fragen an mich?«

Palzki winkte ab. »Nein, vielen Dank für Ihre Aussage.«

Als wir zum Haus zurückgingen, sagte er zu mir, dass er unbedingt weitere Zeugen finden müsse. Bis jetzt gebe es keinen Anhaltspunkt, wer der Täter sein könnte. Da habe ich ihm aber kräftig widersprochen, dem Herrn Palzki. Mir ist da nämlich etwas aufgefallen.

Frage: Woran erkannte Frau Ackermann, wer der Täter sein musste?

Der Nachbar war nach eigener Aussage noch nie auf dem Grundstück seines Nachbarn. Trotzdem wusste er, dass Rommelshausen Kamillentee getrunken hatte.

LIEBLINGSPLÄTZE AUS DER REGION

VIOLA EIGENBRODT
Rhein-Neckar
klassisch und neu
....
978-3-8392-1703-0 (Buch)
978-3-8392-4683-2 (pdf)
978-3-8392-4682-5 (epub)

FLÜSSE VERBINDEN Wussten Sie, dass der Schwabe Schiller »Die Räuber« im badischen Mannheim aufführen ließ? Oder dass der zweitgrößte Barockschlosskomplex Europas in Mannheim steht? Die Quadratestadt ist viel besser als ihr Ruf. Doch auch Heidelberg bietet neben dem vertrauten Schloss Erstaunliches – etwa ein Museum, das sich dem Kulturgut Verpackung verschrieben hat. Oder einen Shiva-Garten. Auch Lorsch, Speyer und Schwetzingen sind ein Muss, wenn Sie sich an die Lieblingsplätze von Viola Eigenbrodt entführen lassen. 11 berühmte Persönlichkeiten der Gegend runden den Band ab – von Dao Droste bis Romani Rose.

WWW.GMEINER-VERLAG.DE
Mensch, Kultur, Region